나로 살 결심

나로 살 결심

1판 1쇄 인쇄 2022년 9월 1일
1판 1쇄 발행 2022년 9월 5일

지은이 원새연
펴낸이 이기준
펴낸곳 리더북스
출판등록 2004년 10월 15일(제2004-000132호)
주소 경기도 고양시 덕양구 지도로 84, 301호(토당동, 영빌딩)
전화 031)971-2691
팩스 031)971-2692
이메일 leaderbooks@hanmail.net

ISBN 979-11-90616-75-1 03810

• 잘못된 책은 서점에서 바꿔드립니다.
• 책값은 뒤표지에 있습니다.

원새연 지음
나로 살 결심
늘 남에게 맞춰 사느라
나에게 다정하지 않은
당신에게
리더북스

저자의 말

나도 이제 오십 중반을 향해 달려가고 있다. 평상시에는 이만큼 나이 든 줄을 모르고 지내다가 동년배들을 만날 때마다 깜짝깜짝 놀라곤 한다. 웬 초로의 할줌마(할머니와 아줌마의 합성어)나 할저씨(할아버지와 아저씨의 합성어)들이 내 앞에 있어서이다. 친구가 늙는 것을 보고 내가 늙는다는 것을 실감한다고 하더니 그 말이 딱 맞다. 나이와 상관없이 잘 지내다가 친구의 늙어가는 모습을 보고 내가 늙어가는 걸 실감한다.

나는 나름 동안이라고 자부하고 있다. 젊었을 때는 지성피부라 여드름으로 꽤 고생했는데, 나이가 드니 다 없어지고 주름도 잘 생기지 않는다. 머리카락도 어릴 때부터 숯검댕이 같다, 칠흑 같다는 소리를 듣고 자랐는데, 지금도 흰머리가 다섯 손가락으로 셀 정도밖에 없다. 머리카락도 검고 주름도 별로 없으니 나름 젊어 보인다고 자부하고 있다.

이런 나의 자만심(?)을 부추기는 사람들이 있다. 얼마 전 대학 동창을 오랜만에 만났다.

"야, 너는 그대로다. 얼굴에 연륜만 좀 붙었지 대학교 때나 지금이나 똑같다. 너는 60이 넘어도 똑같을 거 같아!"

이 말을 듣고 "고맙다"라고 해야 할지, "네 눈이 잘못된 거야. 나도 많이 늙었어"라고 답해야 할지 몰라 애매하게 웃으며 얼버무렸다. 그러고는 집으로 돌아와서 얼굴을 요리조리 뜯어보면서 어디가 그렇게 젊어 보이나 한참을 거울과 씨름했다.

나의 이런 자만심에 상처를 준 사건이 일어났다. 얼마 전, 집에서 입는 민소매 원피스에 머리는 질끈 묶고 반려견을 데리고 산책을 나가는 길이었다. 머리가 하얀 초로의 할머니 한 분이 나에게 다가왔다. 이것저것 캐물으면서 하는 말은 가히 충격 그 자체였다. 아파트 경로당을 새로 열려고 하니 서명을 부탁한다는 것이었다. 놀란 얼굴로 "제가 60대로 보이나요?"라고 쏘아붙이고는 팽하고 뒤돌아 가던 길을 갔다. 너무 기분이 언짢고 속상했다. 나름 동안이라고 자부하고 있었는데 노인 취급을 받다니!

'내 생각만 그런 거지 나도 나이 들어 보이나?'

그때부터 나이는 못 속이나 보다 하고 있는 그대로의 나를 받아들이기로 했다.

요즘에는 동안이 대세다. 화장품도 동안 크림을 바르고, 옷도 미시룩으로 입는다. 젊어 보이려고 모든 사람이 애를 쓰는 듯하다. 이것도 모자라 성형외과의 힘을 빌리는 것도 새삼스러울 게 없을 지경이 되었다. 그러나 외모만 젊게 가꾼다고 다 해결될까?

영국의 작가 배리가 쓴 동화극 《피터팬》에서 피터팬이 웬디를 찾아갔을 때의 장면이 떠오른다. 웬디는 이미 나이가 들어 어른이 되었는데 아직 소년으로 남아있는 피터팬은 서로의 차이를 인정하며 헤어지고 만다. 극단적인 예이지만, 늙지 않고 마냥 젊음을 유지하는 게 좋은 것만은 아닌 것 같다.

젊음을 유지하는 것도 좋지만 나이를 한 살 두 살 먹으면서 잘살아야 한다. 가수 노사연의 노래 〈바램〉의 가사처럼 '우린 늙어가는 것이 아니라 익어가는 것'이다. 마음도 몸도 추하게 늙어가면서 꼰대가 되는 게 아니라 원숙하게 익어가는 것이 중요하다. 나이가 들어도 새로운 일에 도전을 멈추지 않는 것! 나이 많음을 내세우면서 대우받으려 하기보다는 너른 아량으로 젊은이들에게서도 배울 점을 찾고 이해하며 함께 섞이고자 노력하는 것! 이런 것이 익어가는 원숙함이 아닐까?

배우 김혜자는 77세의 나이로 배우 한지민과 함께 드라마 〈눈이 부시게〉의 주인공 역을 훌륭하게 소화한 뒤 백상예술대상을 받으며 감동적인 수상소감을 말했다. 영원한 동안인 피터팬보다는 끊임없이 도전하는 배우 김혜자로서 당당하고 우아하게.

"내 삶은 때론 불행했고 행복했습니다. 삶이 한낱 꿈에 불과하지만 그래도 살아서 좋았습니다. 새벽에 쨍한 차가운 공기, 꽃이 피기 전에 부는 달큼한 바람, 해질 무렵 우러나오는 노을 냄새, 어느 한 가지 눈부

시지 않은 날이 없었습니다.

지금 삶이 힘든 당신, 이 세상에 태어난 이상 당신은 모든 것을 매일 누릴 자격이 있습니다. 후회만 가득한 과거와 불안하기만 한 미래 때문에 지금을 망치지 마세요.

오늘을 살아가세요.

눈이 부시게.

당신은 그럴 자격이 있습니다.

누군가의 엄마였고, 누이였고, 딸이었고, 그리고 나였을 그대들에게 이 말을 꼭 전하고 싶었어요. 감사합니다."

나는 30여 년 교직 생활을 하면서 세 딸을 키우고, 박사학위를 받고, 미국 유학에 교장 승진까지 하는 억척스러운 삶을 살아왔다. 이 과정에서 암에 두 번이나 걸리는 아픔을 겪었다. 두 번째 암에 걸렸을 때는 무시무시한 항암치료를 8차까지 받았고, 방사선치료도 30회를 넘게 했다. 그러면서 질병 휴직까지 해보는 행운(?)을 거머쥐었다. 두 번째 암은 오십 언저리쯤 시작되었다. 이제부터 무엇을 하면서 살아가야 할지 막막하기만 했다. 내가 쌓아온 모든 공든 탑이 우르르 무너지는 느낌이었다. 게다가 우울증 치료까지 받았다. 의사 선생님께 이제부터 어떻게 살아야 할지 모르겠다고 하소연했다.

사실 젊었을 때는 경주마처럼 앞만 보고 달려왔다. 무엇이 옳고 그른지에 대한 생각이 별로 없었다. 부모님을 만족시켜 드리고, 세상이 정해 놓은 잣대에 맞춰 사는 데 급급했다. 공부를 열심히 해서 좋은 대학을 나오고, 취업하고, 결혼을 잘하는 것, 그것이 성공이고 행복이라고 생각했다. 내가 정말 원하는 삶이 무엇인지 생각할 겨를도 여유도 없이 하루하루 아등바등 살다 보니 오십이 훌쩍 넘어 있었다.

이제는 생각이 많이 바뀌었다. 공부도 하지 않는다. 대신 다른 종류의 공부를 한다. 마음 공부, 인생 공부, 세상을 행복하게 살아가는 공부! 나는 요즘 글을 쓰고, 그림을 그리고, 노래를 부른다. 내 안에 꼬깃꼬깃 욱여넣었던 감정의 파편들을 글과 그림, 노래로 쏟아낸다. 그러면서 행복하게 산다는 것은 남의 기준에 맞춰 사는 것이 아님을 깨닫는다. 행복은 나 자신에게 있음을 확인한다. 나답게 사는 것! 이것이 행복의 출발점이라는 것을 오십을 훌쩍 넘은 나이에 드디어 알아냈다. 나답게 사는 것이 행복의 기준이므로 이 세상은 지구에 사는 사람들 수만큼의 행복이 존재한다. 남을 기쁘게 하는 행복이 아니라 나 자신을 기쁘게 하는 행복!

이 책에서는 나의 세 딸에게 혹은 나 자신에게 하고 싶었던 말을 글로 표현했다. 이 책이 민들레 홀씨처럼 나를 닮은 영혼에게 다가가 작은 위로가 된다면…….

원새연

차례

1장

소소한 나로 살기

2장

행복한 나로 살기

1장

소소한 나로 살기

몸치이지만 운동을 한다

잔잔하면서 따뜻한 감동을 주었던 드라마 〈슬기로운 의사생활〉에서 여의사 채송화는 소위 말하는 음치이다. 음치이지만 노래하는 것을 좋아하고 의사 친구들끼리 의기투합하여 만든 밴드에서는 기타까지 연주한다. 듣는 사람들은 조금 괴롭지만 음치라고 주눅 들지 않고 자신감 있게 음정과 박자를 무시한 채 즐겁게 노래하는 모습은 보는 이로 하여금 묘한 쾌감과 기쁨을 준다. 그 당당함과 자신감에 박수하고 싶게 만든다. 하지만 채송화를 연기한 배우 전미도는 유명한 뮤지컬 배우라는 아이러니한 사실!

채송화가 음치라면 나는 몸치이다. 사전에 '몸치'는 노력해도 춤이나 율동 등이 맞지 않고 어설픈 사람으로 정의되어 있다. 박자에 맞춰서 춤을 추는 것은 어느 정도 하는데 몸을 쓰는 운동에는 영 소질이 없었다.

초등학교 시절 운동회를 하면 달리기에서는 늘 꼴찌를 도맡아 놓고 했다. 중학교 체력장에서는 최하위 등급을 받았다. 더 가관인 것은 대학교 입시를 위한 체육 점수에서도 만점을 못 받았다. 우리 반에서 나와 서울대에 간 친구 두 명을 빼고는 모두 만점이었다. 교대에서 체육 수업을 받을 때 허들넘기는 더 힘들었다. 아무도 없는 운동장에서 땀 흘리며 연습했지만 결국은 허들을 넘지 못했다. 그래서 그해 체육 학점은 낙제를 겨우 면한 점수였다.

살기 위해 운동한다!

어렸을 적에도 친구들이 밖에 나가 뛰어놀 때 나는 집에서 책을 읽거나 소꿉놀이를 했다. 몸을 움직여 땀이 나는 것을 별로 좋아하지 않았다. 그러다 결국에는 암에 걸리고 몸이 예전 같지 않자 그제야 운동을 시작했다. 결혼하기 전에 수영과 볼링을 잠깐 배우기도 했지만 두세 달만 하고 바쁘다는 핑계로 그만두었다. 몸이 아프면서는 살기 위해 운동을 했다. 살아야 한다는 절박감 때문인지 몇 년씩 꾸준히 운동하게 되었다. 요가를 10년 정도 하고 몇 년 전부터는 필라테스가 유행하여 꾸준히 하고 있다. 재작년에는 코로나가 무서워 운동을 못 갔더니 어깨가 뭉치고 아파 병원 신세를 지기도 했다.

요즘은 기구 필라테스와 골프를 함께 배우고 있다. 코로나가 극성일 때는 일대일 필라테스를 1년 넘게 다녔다. 그러다 근래에 4:1 필라테스로 바꿨다. 일대일로 할 때보다 운동의 강도가 배는 세졌다. 운동하고 나면 온몸에 비가 오듯 땀이 쏟아진다. 격한 운동을 할 때는 다리가 찢어지는 것 같고 숨이 가빠 죽을 것처럼 힘들어 당장 때려치우고 싶지만 강사 선생님의 구령이 모두 끝나고 릴렉스 타임에 심호흡하면서 쉴 때는 묘한 성취감이 느껴진다. 50분 동안의 격렬한 움직임을 끝내고 시원한 밤바람을 맞으며 집으로 돌아갈 때는 상쾌함과 무언가를 해냈다는 나 자신에 대한 대견스러움으로 날아갈 듯한 기분이 든다. 다들 이 맛으로 운동을 한다고 한다.

이것 말고도 운동해보니 장점이 많다. 우선, 잠이 잘 온다. 갱년기가 되면 호르몬의 부족으로 잠이 잘 오지 않고 겨우 잠이 들어도 새벽에 몇 번이나 깨는 일이 흔하다. 그러나 필라테스를 하는 날에는 밤 10시가 되기 전부터 졸음이 쏟아지고 아침까지 중간에 깨는 일 없이 꿀잠을 자게 된다.

두 번째 장점은 스트레스 해소이다. 직장에서 스트레스를 엄청 받은 날도 필라테스로 격렬한 운동과 함께 땀을 흘리고 나면 다 잊어버리게 된다. 오히려 마음이 상쾌해진다. 골프에서도 공이 드라이버에 정확히 맞아 '땅'하는 경쾌한 소리를 내며 공중으로 날아오를 때 내 마음도 날아오르고 마음속의 응어리도 함께 날아가버리는 느낌이다.

마지막으로, 운동하면 자신감이 뿜뿜 솟아난다. 필라테스를 몇 년째 꾸준히 하다 보니 처음 할 때보다는 능숙하게 잘하게 되었다. 옆에서 같이 필라테스를 하는 회원이 다리를 후들거리며 픽픽 쓰러질 때 악착같이 버티는 나를 보면 괜히 어깨가 으쓱 올라간다. 정말 안 될 것 같고 소질이 없어서 포기하려고 했던 골프도 선생님의 말을 열심히 듣고 꾸준히 했더니 비거리가 늘어날 때 '어라! 나도 할 수 있네! 나도 하니까 되네!' 어린아이처럼 자랑하고 싶어진다. 내가 90을 넘게 쳤어요!

체력이 인성을 만든다?

나는 암에 걸린 후 겨우 정신을 차리고 살기 위해 늦은 나이에 운동을 시작했지만, 필라테스와 골프 아카데미에 오는 사람들을 보면 대부분 20대와 30대이다. 젊은 나이에 자신의 몸을 관리하는 야무진 신세대들이다. 참 대견스럽고 예뻐서 저절로 엄마 미소를 띠게 된다. 사실 모든 일에는 체력이 뒷받침되어야 한다. 《오늘은 운동하러 가야 하는데》를 쓴 이진송 작가는 체력이 인성을 만든다는 것은 이미 진리로 통한다면서 드라마 〈미생〉의 대사를 인용한다.

"네가 이루고 싶은 것이 있거든 체력을 먼저 길러라. 게으름, 나태, 권태, 짜증, 우울, 분노…. 모두 체력이 버티지 못해 정신이 몸의 지배를 할 때 나타나는 증상이다. … 체력이 약하면 빨리 편안함을 찾게 마련이고, 그러다 보면 인내심이 떨어지고, 그 피로감을 견디지 못하게 되면 승부 따윈 상관없는 지경에 이르지. 이기고 싶다면 충분한 고민을 버텨줄 몸을 먼저 만들어."

흔히 소설에 등장하는 얼굴이 하얗고 병약한 사람들은 신경질적이고 예민한 성격을 가지고 있다. 사소한 일에도 신경질을 부리고 화를 낸다. 그러나 검붉은 얼굴에 근육질의 몸매를 가진 등장인물은 호탕하고 밝은 성격으로 묘사될 때가 많다.

체력으로 그 사람의 성격을 단정 짓는 것은 너무 극단적일 수 있지만 무슨 일을 할 때 체력이 뒷받침되어야 한다는 것은 사실이다. 다정함도 체력에서 비롯된다고 한다. 내 몸이 건강해야 다른 사람의 감정과 마음을 보살피고 헤아릴 수 있는 여유가 나오기 때문이다.

세 아이의 엄마인 내가 큰 수술 후 병원에 입원했을 때 우리 가족은 뿔뿔이 흩어졌다. 남편은 병실과 직장을 오가며 나를 간호하느라 10kg 넘게 살이 빠졌고, 아이들은 할머니집에서 더부살이를 하다 다시 삼촌네로 떠돌이 생활을 했다. 집안의 기둥인 엄마나 아빠가 건강하지 못하면 그 불행은 가족 전체로 퍼져나간다. 가정을 꾸리든, 직장생활을 하든, 공부를 하든 모든 것의 바탕은 체력이다. 오늘도 운동 예약을 해야겠다!

평범하지 않아도 좋아

2학년 공개수업 참관을 했다. 집과 가족의 종류가 학습 주제였다. 집의 종류도 참 여러 가지다. 아파트, 한옥, 기와집, 빌라 등등. 거기에 못지않게 가족의 종류도 참 다양하다. 확대가족, 핵가족, 한부모가족, 다문화가족 등. 2학년 어린 학생들에게 좀 어렵지 않을까 생각되었지만 가족의 모습을 그린 그림과 사진을 보고 척척 대답하는 것을 보니 대견스럽기도 하다. 선생님은 가족을 설명하면서 관련된 동화책을 함께 소개한다. 한부모와 다문화 가족에 관한 동화책이다. 가족의 형태에는 사람의 생김새만큼 다양한 종류가 있음을 알아가는 수업이었다. 아이들은 엄마 아빠와 형제자매로 이루어진 가족만이 아니라 엄마만 있는 가족도 있고 엄마나 아빠가 외국인인 가족도 있다는 것을 자연스럽게 받아들이는 계기가 되었다.

중학교 때 배운 교과서에 실린 수필 가운데 '평범이 진리다. 평범한 것이 위대하다!'라는 구절이 있었다. 그때는 의미심장한 이 말의 뜻을 잘 이해하지 못했다. 평범한 게 뭐 그리 대단하다고 그러지? 그러나 결혼하고 아이를 낳고 험난한 인생길을 헤쳐오면서 이 말이 진리였음을 뼈저리게 깨닫게 되었다. 어렸을 때는 때가 되면 결혼하고 애를 낳는 것이 누구나 다 하는 소소한 일로 생각했기 때문이다.

평범하게 사는 것이 평범한 게 아니다

막상 결혼할 나이가 되자 결혼 상대를 선택하는 것부터 시작해 양가 어른들을 만나는 것, 살림살이를 장만하는 것까지 쉬운 게 없었다. 결혼은 어찌어찌했다 쳐도 아기를 낳는 것은 험난한 일 중의 하나였다. 주위에는 의외로 간절히 원하지만 아기가 생기지 않는 경우도 허다하다. 결혼 중간중간에는 정말 이혼을 확 해버리고 혼자 살고 싶은 충동도 여러 번 일어났다. 또 아이가 아프거나 혹은 내가 아프거나 할 때는 무탈하게 평범하게 산다는 것이 얼마나 고맙고 감사한 일인지를 몸으로 체감했다.

이제 딸들이 다 커서 결혼할 나이가 되니 걱정이 많아진다. 고집 세고 자기주장 강한 딸과 이야기를 나눌 때면 '저렇게 성격이 강해서 결혼생활을 잘 유지할 수 있을까?' 경망스러운 생각이 들기도 한다. 하나같이 개성이 강한 딸들이 과연 결혼은 할 수 있을지? 만약 결혼한다면 이혼을 하지는 않을지? 덜컥 이혼이라도 해서 집으로 세간살이를 이고 쳐들어오면 과연 내 기분은 어떨지? 별의별 생각이 다 든다.

딸이 혼전 임신을 했는데도 엄마가 화를 내지도 않고 축복을 해주던 외국 영화가 생각난다. 주인공은 남편도 없이 아기를 낳아서 건강하게 길렀다. 영화를 보면서 '저게 우리나라에서도 가능할까? 외국이니까 그렇지!'라고 생각했다. 남의 일이라 생각되니 조금 충격은 받았지만 아기를 낳고 행복해하는 가족의 모습에 감동을 받았다.

요즘 인기리에 방영되는 드라마에는 고등학생 부부 이야기가 나온다. 처음에는 아기를 지우려고 백방으로 노력하다 결국에는 아기를 낳기로 결정한다. 고등학생의 신분으로 임신을 했지만 임신했다고 차별받지 않는다는 학생인권조례의 규정대로 학생의 신분도 계속 유지된다. TV 예능에는 고딩 엄마와 아빠의 좌충우돌 육아 이야기가 버젓이 방영된다. 예전에는 평범하지 않다고 배척되었던 일들이 이제는 공영방송까지 타는 시대다. 대부분의 사람들이 고등학생의 육아 사실을 인정하고 받아들인다는 증거다. 그리고 얼마 전에는 유명 연예인이 정자를 기증받아 아들을 출산한 사실이 큰 이슈가 되었다. 그리고 그 귀여운 사내아이는 TV 육아 프로그램에 엄마와 함께 고정 출연 중이다.

이뿐만이 아니다. 이혼하고 엄마 혼자서 아이를 키우는 예능프로그램이 대박을 터뜨리기도 한다. 이 프로그램 덕분에 이혼하고 혼자 육아를 감당하던 엄마 연예인은 각종 광고의 모델이 되어 더욱 바쁘게 활동 범위를 넓혀가고 있다. 이제는 더 이상 이혼이나 한부모가족 혹은 혼전과 혼외 임신이 손가락질받고 사회적으로 지탄 받을 일이 아닌 것이다. 평범한 것에 대한 사회적 암묵적 합의 후 거기서 조금이라도 벗어나면 죄인 아닌 죄인처럼 숨어서 살던 시대가 더는 아니라는 사실이다.

과연 평범하게 산다는 것은 무엇일까? 오래된 관습이 정해놓은 평범이라는 굴레에 우리는 손과 발이 묶여 살아왔던 것은 아닐까? 평범이라는 감옥의 창살을 조금이라도 벗어나면 남들과 조금 다르게 산다고, 평범하지 않은 사실을 다른 사람에게 들킬까 봐 전전긍긍하면서 살아온 것은 아닐까? 도대체 누가 언제부터 정했는지 개념의 기원과 정의도 모호한 평범이라는 잣대로 나의 삶을 난도질해 온 것은 아닐까? 일부러 평범이라는 틀에 나의 사지를 끼워 맞춰 구겨 넣느라 나의 인생은 기형이 된 건 아닐까?

영화 〈소공녀〉에서 돈 많은 남자들을 상대로 접대부 생활을 하다가 누구의 아이인지도 모르는 채 임신한 젊은 여자가 주인공에게 이렇게 말한다.

"저는 헤픈 여자예요!"

그러자 주인공은 이렇게 되묻는다.

"헤픈 게 뭐 어때서요?"

그렇다. 이제는 평범이 진리라고 외치기 전에 이렇게 되묻고 싶다.

"이혼한 게 뭐 어때서요?"

"결혼 안 하고 임신하는 것이 뭐 어때서요?"

이제는 평범의 기준을 바꿀 때다. 평범하게 살려고 그 기준에 맞추려다 보니 출산율은 세계 최하위가 되고 결혼은 기피 대상이 되어버렸다. 평범하지 않아도 좋다. 평범하지 않은 게 뭐 어때서요? 그냥 나대로 살면 되는 거 아닌가요?

딸들아! 엄마는 우황청심환을 먹어가며 다 받아줄 준비를 열심히 하겠다. 평범하지 않은 모든 것을!

지문 없는 여자

코로나 팬데믹 때 학교의 모든 출입문을 폐쇄하고 외부인 출입을 통제하기 위해 전 교직원을 대상으로 지문 등록을 한 적이 있다. 그런데 지문인식기는 내 지문을 인식하지 못하고 계속 에러가 나는 소리를 냈다. 5분간 씨름하다 포기하고 다음 날 다시 시도했다. 또 안 됐다. 화장실에 가서 손을 씻고, 또 손이 차가워서 그런가 생각하고 다시 손의 체온을 높여서 결국 성공했다. 그런데 현관문마다 지문을 다 등록해야 한다니! 결국 문 4개 중 뒷문 하나만 성공했다. 담당 주무관이 인터폰을 하면 문을 열어주겠다고 해서 결국은 지문 등록을 포기했다. 그 당시는 그런가 보다 하고 별 느낌이 없었다.

학교 건물 밖에 잠시 나갔다가 안으로 들어가야 하는데 지문 등록을 못 했으니 어쩔 수 없이 행정실로 인터폰을 했다. 밝은 목소리로 문을 얼른 열어주었다. 열린 문으로 냉큼 들어오니 방금 문을 열어주었던 실무자가 쪼르르 달려 나온다.

"지문 인식이 안 돼서 등록을 못 하셨다면서요? 우리 학교에 일 많이 하시는 조리사님하고 선생님만 등록을 못 했어요. 그동안 일을 너무 많이 하신 것 아니에요?"

자기도 애가 셋이라 너무 힘든데 나 역시도 애 셋을 키우면서 일을 많이 해서 그런 거라면서 반 위로 겸 애 셋을 키우는 애환을 토로했다.

"맞아! 정말이지 집에 가면 앉아있을 수가 없어! 주말은 빨래 너는 데만 30분이 걸려. 설거지는 한 번 먹었다 하면 산더미처럼 쌓이고! 그러니 내가 지문이 없어지지!"

신나게 맞장구를 치면서 애 셋을 키우는 게 얼마나 힘든지에 대해 동지애를 느끼며 왕수다를 떨었다. 그러다 왠지 기분이 씁쓸해졌다. "나 올라가서 좀 울어야겠어!"라며 농담 반 진담 반 한마디를 던지고 자리로 돌아왔다.

사람들은 내 겉모습만 보고 차도녀 같다느니 손에 물 하나 안 묻힐 것 같다는 얘기를 하면서 나를 떠보는 소리를 한다.

"무슨 소리야? 나는 집에 가면 파출부야. 고무장갑 끼고 해서 손이 아직 안 상한 것뿐이야."

이렇게 너스레를 떨곤 했다. 그런데 아뿔싸! 정작 나의 지문은 닳고 닳아서 이제 없어질 위기에 처했다. 생각해보니 저번에 동사무소에서 증명서를 뗄 때도 지문인식이 안 돼서 애를 먹었었다.

직장 다니면서 애 셋과 남의 편인 남편 밥 해먹이고, 빨래하고 청소하는 동안 나의 지문은 점점 닳아 없어지고 있었다. 그런데 정작 지문의 주인인 나는 그것을 알지도 못했다는 것이 슬펐다. 왠지 가슴 아래서 뜨거운 것이 올라오며 먹먹해졌다.

나이를 먹는다는 건 이렇게 신체의 한 부분이 하나씩 경고등을 보이며 작동을 멈추거나 오작동하는 걸 받아들여야 한다는 것이다. 그 사실을 알지만 지문 하나 없어지는 게 이런 큰 상실감을 안겨줄지는 몰랐다.

딸들아!! 엄마는 지문이 닳는 것도 모르고 너희 셋을 씩씩하게 키우고 있었구나. 지문이야 좀 닳으면 어떠니? 너희 셋이 엄마와 함께 있는데. 이렇게 생각해야겠지.

인생은 고통이다

협의회가 있어 이웃 학교를 방문했다. 코로나로 거리두기를 지키기 위해 회의 장소는 교장실 대신 널찍한 과학실이었다. 한 책상마다 두 명씩 앉도록 자리 배치를 해두었다. 회의가 무르익어 조금 지루해질 무렵 내가 앉은 책상을 둘러보았다. 책상 서랍에 아이들이 연필로 써놓은 낙서가 보였다. 책상 서랍을 빼곡하게 채운 낙서 중에 네임펜으로 굵직하게 쓴 글귀가 눈에 들어왔다.

'사는 게 왜 이렇게 고통스러운가?'

내심 충격을 받았다. 초등학생이 벌써 사는 것을 괴로워해도 되는 건가? 무엇이 이 아이를 괴롭혔을까? 친구? 학원? 부모? 여러 가지 생각이 꼬리를 물었다.

단아한 얼굴에 항상 침착하고 조용하게 일을 잘 처리하던 동갑내기 직장 동료가 있었다. 그 동료는 별다른 감정의 기복 없이 일을 담담하게 처리했다. 고속도로를 한 시간 반 이상 매일 오가는 장거리 출퇴근도, 산더미같이 쌓인 업무도 아무런 불평 없이 묵묵히 해 나갔다. 그 와중에도 야무지게 박사 학위까지 따는 저력을 보였다. 함께 저녁을 먹으면서 그 동료가 했던 말이 잊히지 않는다.

"인생은 고통이야! 사는 건 고통이야!"

몇 년 전 TV에서 방영되었던 〈이것이 인생이다〉라는 다큐멘터리 프로그램이 있었다. 제목이 흥미로워 진지하게 봤는데, 시골 할머니의 억척스럽고 험난했던 일생을 잔잔하게 들려주었다. 그 프로그램에서는 인생은 험난하고 고통스럽다는 것을 얘기하는 것 같았다. 쇼펜하우어도 '인생은 고통이다. 눈물의 골짜기다. 슬픔으로 가득한 감옥이다.'라고 말했다. 이제 막 삶의 첫걸음을 떼는 초등학생부터 직장인, 할머니까지 전 세대를 통틀어 삶이 힘들다는 아우성이 가득하다.

까짓거 사는 게 고통스럽다는 것을 인정해버리자!

책을 읽다보면 준비된 비관의 힘을 '스톡데일 패러독스(Stockdale paradox)'의 예를 들어 설명한다. 베트콩 포로가 된 스톡데일 중령이 살아서 돌아올 수 있었던 것은 자신이 처한 어려운 현실을 인정하고 생존을 철저히 대비했기 때문이라고 한다. 반면에 빨리 집에 돌아갈 것이라고 낙관한 동료들은 구출 기간이 늦어지자 낙담해 일찍 생을 마감했다고 한다. 비관론자가 꼭 나쁜 것만은 아니다. 현실을 직시하고 문제점을 분석한 후 내가 할 수 있는 일을 찾아 침착하게 해결해 나갈 수 있다.

삶을 살아가는데도 준비된 비관론이 이득이 된다고 본다. 내 삶은 꽃길만 펼쳐질 것이고 나에게는 어떠한 불행도 닥치지 않을 것이라는 근거 없는 낙관론은 오히려 해가 되기 쉽다. 삶이 누구에게나 고통스럽다는 것을 미리 인지하고 차근차근 대비하는 것이 필요하다. 고통스럽다는 것을 미리 인정해버린다면 살면서 겪게 되는 불행에 맞닥뜨렸을 때 그것을 딛고 일어서는 힘이 생길 것이다.

또 사는 게 고통스럽다는 것을 인정할 때 겸손한 마음도 가질 수 있다고 본다. 나만 특별한 사람이 아니라 나에게도 모진 시련이 닥칠 수 있다는 사실을 인정하면 좀 더 신중하고 조심스러운 삶의 태도를 가질 수 있지 않을까? 천방지축 내 맘대로 사는 것이 아니라 위험에 대비하면서 보험도 들고 만약의 사태에 대비해 여윳돈 마련을 위한 저축도 하게 될 것이다. 또 세상이 내 맘대로 되지 않는다는 것을 안다면 신의 존재도 겸허하게 받아들일 수 있지 않을까.

더 나아가 지금 고통을 겪고 있는 사람들에 대한 자비심도 생겨나리라. 예를 들면 지금 전쟁의 고통으로 비참한 삶을 살고 있는 우크라이나 국민에게도 우리 역시 언제든 이러한 고통에 맞닥뜨릴 수 있으므로 원조와 도움의 손길을 뻗을 수 있을 것이다. 남의 고통이 더 이상 그들만의 고통이 아닌 것이다. 글을 쓰다 보니 인생의 쓴맛을 미리 알았던 그

초등학생이 선견지명을 가졌다는 생각이 들기도 한다.

반짝이는 소소한 행복

한창 유행하던 나훈아의 〈테스형〉 노래 가사처럼 '아! 테스형 세상이 왜 이래. 왜 이렇게 힘들어!'하고 울부짖고 있을 수만은 없다. 험난한 세상이지만 그래도 세상은 살 만하고 아름답다. 일제 강점기에 일본으로 끌려가 한 많은 세월을 살아온 할머니들의 인터뷰를 본 적이 있다. 그분들은 하나같이 지나온 세월이 힘들었다는 건 인정하지만 불행했다고는 말하지 않았다. 그리고 모진 세월을 지나온 지금은 행복하다고 하셨다.

'소확행'이 유행이다. 소소하지만 확실한 행복! 여기에 힘든 인생을 살아가는 지혜가 있는 듯하다. 육아가 힘들지만 아이의 까르륵 웃음소리 하나로 힘들었던 마음이 다 날아가버린다. 요리가 힘들지만 맛있게 먹어주는 식구들을 보면 마음 한가득 뿌듯함이 밀려온다. 청소가 귀찮지만 쓸고 닦은 후 광이 나고 깨끗해진 집을 보면 한껏 기분이 상쾌해지면서 무언가 새로운 일을 할 수 있을 것 같은 힘이 불끈 솟아난다.

로또에 당첨되어 일확천금을 한꺼번에 거머쥐는 것만이 행복은 아니다. 한 걸음 한 걸음 지난한 삶을 살아가면서 순간순간 느끼는 반짝이는 기쁨과 충만감, 뿌듯함이 진정한 행복이 아닐까?

나를 귀하게 대하는 법

오래전 읽었던 산문집이 불현듯 생각났다. 제목도 지은이도 잘 생각나지 않지만 읽은 내용은 잊히지 않았다. 깐깐한 시어머니를 둔 며느리가 시집살이하는 내용이었다. 며느리는 시어머니가 까탈스러워서 힘들기는 하지만 항상 정갈하고 자신을 귀하게 여길 줄 아는 시어머니를 존경한다고 했다. 이 글을 읽고 '자신을 가꾸고 귀하게 여기는 사람에게는 타인이 함부로 범접하지 못하게 하는 아우라가 생기는구나! 나를 잘 대접해야겠구나!'라는 생각을 하게 되었다. 이때부터 나를 귀하게 대하는 방법을 찾기 시작했다.

공지영 작가는 가방에 흰 테이블보와 플라스틱 와인 잔을 넣어서 다닌다고 한다. 어딜 가든 흰 테이블보를 정갈하게 깔고 와인 잔을 곁들이면 고급 레스토랑이 부럽지 않다고 했다. 대충 신문지를 깔고 종이컵에

음료수를 따라 마실 수도 있겠지만 흰 테이블보와 와인 잔 하나로 이미 VIP가 되는 느낌이다. 나 자신을 VIP로 대접하기 시작하면 남들도 차츰차츰 나를 함부로 대하지 못하게 된다.

나에 대한 격식과 예절 차리기

영화 〈프린세스 다이어리〉는 평범한 고등학생이 공주가 되는 과정을 코믹하게 그리고 있다. 공주가 되기 위해 등을 꼿꼿하게 펴고, 음식을 우아하게 먹고, 모델처럼 걷고 손을 흔드는 방법까지 힘든 과정을 이겨내야 했다. 나는 비록 공주는 못될지언정 어느 정도 나에 대한 격식과 예절을 차리기 위해 노력한다. 아무리 바빠도 밥은 꼭 식탁에 앉아서 먹는다. 밥은 밥공기에, 국은 국그릇에, 반찬은 반찬 그릇에 담는다. 프라이팬을 절대로 식탁에 올리지 않는다. 별로 어려운 일이 아닌 것처럼 보여도 바쁘게 살다 보면 지키기 힘들 때가 많다.

고된 회사일을 마치고 파김치가 되어 늦게 귀가하던 첫째 딸이 오랜만에 일찍 들어왔다. 저녁밥을 차려서 먹기 위해 접시에 대충 밥이랑 반찬을 덜어내는 모습이 눈에 거슬렸다.

"네가 너를 존중해야 남도 너를 존중해. 밥은 밥그릇에 담아서 먹어."

딸은 밥을 먹다 말고 나를 흘끔 쳐다보더니 묵묵부답이었다.

몇 년 전, 새로 한 밥을 식구들에게 양보하고 조금 남아있던 식은밥을 먹는 나를 보고 시어머니가 말씀하셨다.

"야야, 식은밥은 먹지 마라. 자꾸 그렇게 식은밥만 먹다 보면 계속 식은밥만 먹게 된다. 새로 한 밥 먹어라."

그때부터 조금씩 어중간하게 남는 식은밥은 그릇에 담아 냉동실에 보관한다. 그러고는 나도 당당하게 갓 지은 밥을 따숩게 먹는다.

시어머니는 식은밥을 먹지 말라는 말 한마디로 나 자신을 홀대하지 않고 존중하는 방법을 알려주셨다. 엄마, 며느리, 아내로 살면서 나 자신을 먼저 챙기는 게 쉽지만은 않다. 속옷 가게에서 산 물건을 계산하던 아주머니가 웃으며 하시던 말씀이 생각난다.

"엄마 것은 안 사고 딸내미 것만 샀네."

깜짝 놀라 계산한 물건을 보니 가족들 것만 잔뜩 있었다. 이제 오십이 넘었으니 엄마, 며느리, 아내가 아닌 나 자신으로 사는 것도 괜찮은 나이인데도 말이다.

'음식도 먹어본 놈이 먹고, 옷도 입어본 놈이 입는다.'라는 옛말이 있다. 좋은 옷도 자꾸 입어봐야 옷이 나의 일부가 되어 몸에 착착 감긴다. 그렇지 않으면 마치 다른 사람의 옷을 빌려 입은 것처럼 옷과 사람이 따로 겉돌 수 있다. 음식도 맛있는 음식을 찾아서 먹어본 사람이 소화를 잘 시킨다. 비싸다는 이유로 생전 먹어보지 못한 음식을 갑자기 먹었다가는 탈이 나기 십상이다. 그러니 조금씩 나를 업그레이드해야 한다.

그 방법으로 가장 좋은 것은 '나 자신을 칭찬해 주기'이다.

나는 힘든 프로젝트를 끝마쳤을 때는 나에게 예쁜 옷을 선물한다. 월급날에는 맛있는 음식을 가족과 함께 먹으러 간다. 목돈이 들어가는 것이 부담되면 적은 돈으로도 얼마든지 나를 칭찬해주는 방법이 있다. 바로 '달달구리(단맛이 나는 먹거리)'이다. 이유 없이 우울해질 때는 달달구리만큼 좋은 명약이 없다. 조각 케이크나 달달한 아이스크림이 제격이다. 옷을 사는 게 버겁다면 예쁜 캐릭터 양말을 나를 위해 선물해도 괜찮다. 아니면 작은 액세서리 팔찌라도 좋다. 여행을 좋아하는 사람이라면 한 달에 얼마씩 여행 적금을 들어서 여행을 가는 것도 좋다. 어떤 방법이든 큰돈을 들이지 않고도 나를 보상해주는 방법은 넘치도록 많다.

나를 존중하면서 나에 대한 격식과 예의를 지키는 것, 가끔가다 잘 살아가는 나에게 보상도 해주는 것. 이렇게 살아가는 나를 남들도 함부로 대하지 못한다. 그렇게 나의 자존감과 아우라를 키워나가는 것이다. 나를 아껴주고 보살펴 줄 때 내 속의 내가 응답해 줄 것이다. 진정 내가 원하는 것이 무엇이고 하고 싶은 것이 무엇인지를! 내가 간절히 바라는 것이 무엇인지를! 나의 내면의 목소리가 알려줄 것이다.

내 안에 소우주 만들기

새로운 학년이 시작되기 전에 기간제 교사를 채용하는 것이 교감의 주된 업무이다. 새로운 직장을 구해야 하는 기간제 교사가 조금이라도 조건이 좋은 학교로 가고자 하는 마음은 십분 이해된다. 그러나 채용하는 입장에서는 여기저기 서류를 내고는 면접 당일 다른 학교에 채용되었다고 통보를 해오는 통에 멘붕이 올 때가 한두 번이 아니다. 심지어는 우여곡절 끝에 뽑은 기간제 교사가 업무 인수인계 후에 도저히 못 하겠다고 튀사(회사를 뛰쳐나감)를 하기도 한다.

스트레스 중에 사람에게서 받는 스트레스가 으뜸인 듯하다. 라면 끓듯이 온갖 잡동사니 감정들이 부글부글 끓어오른다. 스트레스, 분노, 화, 실망감, 후회 같은 안 좋은 감정이 불쑥불쑥 튀어나온다. 이럴 때는 감정의 찌꺼기들이 다른 곳으로 분출되기 전에 내 안으로 도피하는 것이 가장 좋다. 내 안의 소우주로!

나의 도피처는 민화 그리기와 명상, 글쓰기, 합창이다. 기간제 교사 채용 건으로 부글부글 감정이 끓어오르고 심신이 지쳤던 그 날은 마침 줌으로 민화 강습이 있었다. '그래! 잘 됐다!' 속으로 쾌재를 불렀다. 그림을 그리다 보면 잡생각이 사라진다. 알록달록 예쁜 색들로 그림이 채워지는 걸 보고 있노라면 마음이 깨끗해지고 정화된다.

"저는 명상을 해봤는데 자꾸 잡생각이 나더라고요. 하지만 그림을 그리고 있으면 잡념이 사라져요. 따로 명상할 필요 없이 그림을 그리세요. 그럼 아무 생각 없이 차분해져요."

민화를 가르쳐주는 선생님이 해주신 말이다. 그림을 그리고 있으면 아무리 화가 나고 스트레스를 받는 일이 있어도 잠시 잊게 된다. 하얀 도화지에 채색을 함에 따라 입체감이 생기고 생동감이 느껴질 때는 희열을 맛보기도 한다. 마음이 차분해지면서 힐링도 된다.

내 안의 또 다른 방에는 명상이 자리 잡고 있다. 몇 년 전 명상을 따로 배우기도 했지만 요즘에는 유튜브에서 좋은 영상을 찾아 그때그때 기분에 따라 다르게 명상을 한다. '기분이 우울할 때 하는 명상', '이완 명상', '화가 날 때 하는 명상' 등 그 종류도 다양하다. 그중에서도 요즘 푹 빠져 있는 것은 '확언 명상'이다. 내 안에 쌓여있는 부정적인 감정을 다 날려버리고 모든 것이 잘 될 거라는 확언 명상을 따라 하다 보면 마음이 진정되고 편안해진다.

내 안에는 분노든 고통이든 열정이든 무언가로 꽉 차 있다. 내 안에 무언가 가득 찼을 때 그것을 끄집어내는 활동 즉 그림 그리기나 노래를 통해서 힐링한다. 그래서 요 몇 달간 글이 미치도록 쓰고 싶었다. 내 안에 가득 찬 것을 쏟아내고 싶었다.

일기장을 꺼내 읽다가 몇 년 전 쓴 글을 발견했다. 하이 옥타브의 노래를 부르면서 또는 글을 쓰면서 내 안에 쌓여있던 무언가를 모두 쏟아내는 기분이 든다. 그러면서 점점 마음이 차분해지고 가벼워진다.

딴짓하기

나 자신을 한 가지 일에만 가둬두기에는 세상은 넓고 할 일은 너무 많다. 코로나 전에는 요일마다 퇴근 후에 하는 일이 달랐다. 화요일에는 합창, 목요일에는 민화 배우기가 끝나면 부랴부랴 성가대 연습에 참가했다. 여러 가지 딴짓을 하다 보면 시너지를 얻어 본업도 잘하게 된다. 이것은 해본 사람만 아는 비밀이다.

정신분석 전문의 성유미는 나만의 소우주 만들기를 권한다. 시기심이나 부러움이라는 감정에 매몰되기보다는 자기 자신에게 매몰되어 보라고 한다. 남과 비교하고 시기심으로 속상해하기보다는 나만의 시간을 갖고 자신의 것을 특화하는 데 집중하라고 권한다. 그것이 꽃꽂이든 요리든 글쓰기든 상관없다. 1년 이상 꾸준히 하다 보면 아마추어를 벗어나게 되고 어느 정도의 경지에 오르게 된다. 이렇게 자신의 특화된 영역으로 소우주를 만들다 보면 관계로 인해 일희일비하는 감정이 줄어든다. 그만큼 자존감이 두터워진다고 할 수 있다.

관계에서 받은 스트레스를 사람을 만나 풀기보다는 나 자신에게 집중하는 것으로 풀어보는 건 어떨까? 부글부글 끓는 감정으로 가득 찬 나의 마음을 쏟아부을 수 있는 딴짓을 해보는 건 어떨까? 해법은 멀리 있는 게 아니라 바로 나 자신 속에 있다. 내 속이 분노로 들끓을 때, 나만 빼고 친구들만 잘나가는 것 같을 때, 세상이 나를 속이는 것 같을 때 나에게 집중하고 나의 내면이 원하는 것을 찾아 열심히 딴짓을 해보자. 조용히 혼자만의 시간을 가지면서 나만의 소우주를 만들어보자.

작은 일에도
정성을 다한다

'악마는 디테일에 숨어 있다.'라고 한다. 이 문장을 인터넷으로 검색하여 관련 내용을 쭉 읽는데, '문제점이나 불가사의한 요소가 세부 사항 속에 숨어 있다.'라는 글이 눈에 띄었다. 악마는 아주 사소한 곳에 숨어서 호시탐탐 분란을 일으킬 준비를 하고 있다. 그러니 자칫 사소하다고 생각해 신경 쓰지 않았던 일로 큰 낭패를 볼 수도 있다.

얼마 전 인터넷에서 멋지게 차려입은 연예인의 사진이 '굴욕'이라는 단어와 함께 떠돌아다니는 것을 보았다. 내용인즉, 한 연예인의 치맛단이 뜯겨 나간 것을 찍은 사진이었다. 그녀의 팬들은 코디네이터의 실수에 울분을 터뜨렸다. 조금 뜯겨 나간 치맛단 하나로 연예인뿐만 아니라 코디, 소속사까지 엄청 욕을 먹고 있었다. 사람들이 이번뿐만이 아니라며 과거의 굴욕 사진까지 검색하여 찾아 올리면서 사건은 점점 크게 이

슈화되었다.

매니저와 코디가 있는 연예인도 이러할진대, 보통 사람은 살면서 황당한 일을 얼마나 많이 겪겠는가? 나 역시도 바쁘게 출근하느라 바지의 옆단이 터진 줄도 모르고 교실에 들어갔다가 그걸 본 학생들이 킥킥 웃었던 일이 있었다. 내가 항상 덜렁댄다며 '털팔이'라는 별명을 지어주신 친정아버지의 핀잔이 들리는 것 같았다. 그 후로는 혹시라도 떨어져 나가는 단추가 있을까 봐 사무실에 아예 반짇고리를 준비해 놓았다.

'악마는 디테일에 숨어 있다.'라는 말이 옷차림새에만 적용되는 것은 아니다. 신축 중이던 아파트가 붕괴된 것도 무단 구조변경, 임시 지지대(동바리) 무단 철거, 콘크리트 품질·양생 부실, 안전관리계획을 제대로 관리·감독하지 않은 것 등이 그 원인이었다. 한마디로 기본에 충실하지 않아서 일어난 대참사였다. 디테일하게 꼼꼼히 챙기지 않으면 그동안 애써 해온 일이 모두 허사가 된다. 시간을 들여 처음부터 다시 뜯어고쳐야 하고, 작고 사소한 틈이 모여 대형 사고로 이어지기도 한다.

작은 일에도 정성을 다하는 이유

작은 것들을 소홀히 하면 큰 화를 당하기도 하지만, 반대로 작은 것에 정성을 다하면 더 큰 것을 얻을 수도 있다. 수원 화성을 유유자적 걸어본 적이 있다. 요즘 같으면 현대식 기기를 사용해 짧은 시간에 성을 쌓았겠지만, 조선 정조 왕 때는 백성들이 울퉁불퉁 제멋대로인 돌들을 규격에 맞게 갈아 모양을 만들고 돌담을 하나하나 쌓았다고 한다. 기도하는 마음으로 온 성심을 다해 돌담을 쌓아갔을 조상들의 인내와 정성이 그대로 녹아들어 화성을 만들었고, 그 정성과 인내는 세계문화유산이라는 자랑스러운 업적을 우리에게 남겨주었다.

큰일을 하려는 사람들은 넘쳐난다. 국회의원 금배지를 달고 무슨 장(長) 직함을 얻기 위해 많은 사람이 도전장을 내민다. 출세하면 무게를 잡고 어깨에 힘을 준다. 그러나 세상을 움직이고 바꿔 나가는 것은 작은 일을 성심성의껏 하는 사람들이다. 흔히 우리나라가 한강의 기적을 이뤄낸 것은 교육의 힘이라고 하는데, 이 역시도 교육 현장에서 묵묵히 하루하루 학생들을 가르치는 일에 소임을 다하는 평교사들이 없었다면 가능했을까?

한석봉의 어머니도 어떻게 보면 하찮아 보일지도 모르는 가래떡 써는 일에 성심을 다해 조선 최고의 명필가를 키워냈다.

불교에 입문하여 스님이 되어도 처음부터 불경을 외지는 않는다고 한다. 정말 사소해 보이는 '앞마당 쓸기', '공양 후 설거지하기' 같은 작은 일부터 시작한다. 새벽에 일어나 앞마당을 쓸 때 깨끗해진 절을 보며 자신도 뿌듯하고, 신도들도 좋아할 것을 생각하며 빗자루질에 성심을 다하다 보면 득도의 경지에 오르는 것이 아닐까. 실제로 덕이 높은 스님들은 절 앞마당을 깨끗이 쓸고, 하루 몇 시간 잡초 뽑는 일을 중요하게 여긴다고 한다.

얼마 전 TV에서 집안 대대로 참빗을 만드는 장인을 보았다. 산업화 이후에 플라스틱 및 금속으로 만든 빗이 대량 생산되어 기존 빗을 만들던 수많은 장인이 사라졌음에도 불구하고 70여 년간 천연 재료로 참빗을 만드는 그분이 대단해 보였다. 참빗은 40여 가지 공정을 거치고 공정마다 다양한 공구를 사용한다고 한다. 가늘고 촘촘한 전통 빗을 화려하고 질 좋은 예술작품처럼 만들기 위해서는 세밀한 작업과 숙련된 손놀림이 뒤따라야 할 것이다. 이처럼 한 가지 일에 성심을 다하고 평생을 바치는 분들을 보면 존경할 수밖에 없다.

우연히 신문을 보다가 '사소한 일에 마음을 담는'이라는 제하의 글에 눈길이 머물렀다. 제주대 이소영 교수가 쓴 칼럼[1]이었다.

"선생님은 일할 때 사소한 데까지 마음을 담는 게 보여요. 세미나 공지 메일 몇 줄에서 마음이 느껴지고요. 그게 인상 깊었어요."

성심을 다해 고심하면서 단어를 고르고 골라서 쓴 메일 한 줄에서 사람들은 거기에 담긴 마음에 감동하고, 사소한 메일에서도 글을 쓴 사람의 온기를 느낀다.

인터넷으로 주문한 옷 택배 상자 안에 함께 들어있는 예쁜 플라스틱 핀 하나와 손편지에 감동한 적이 있다. 사람의 마음을 움직이는 건 크고

1 경향신문, 2022.2.3.

값비싼 선물이 아니라 눈에 보이지 않는 세심한 배려와 정성인 것 같다.

무슨 일을 하든 그 일을 한 사람의 숨결이 묻어난다. 하기 싫어서 억지로 툴툴거리면서 한 일은 어디서든 구멍이 나기 일쑤이고 그 결과도 나쁘다. 그저 돈을 벌기 위해 인상을 쓰면서 마지못해 만든 음식과 성심을 다해 맛있게 만든 음식은 향기와 모양부터 다르다. 나에게 주어진 일을 숙명으로 여기고 한 땀 한 땀 최선을 다해 임하다 보면, 그 일을 한 사람의 진정성과 숨결이 느껴지지 않을까.

나는 요즘 부쩍 작은 일에 정성을 다하고자 애쓴다. 워낙 태생이 게으르고 일하는 것을 별로 좋아하지 않지만 매일매일 마음을 고쳐먹는다. '작은 일에도 정성을 다하자. 하기 싫지만 나에게 주어진 일이니 기쁘게 성심껏 하자.'라고 마음먹는다. 그래서 자고 일어나면 침구부터 정리하고, 외출하고 집에 돌아오면 옷부터 제자리에 반듯하게 걸고, 청소할 때도 구석구석 깨끗이 하고, 식사 후에 설거지도 곧바로 해서 싱크대에 그릇이 지저분하게 잔뜩 쌓이지 않게 한다. 나 역시도 처음부터 이랬던 건 아니다. '천 리 길도 한 걸음부터'라는 말이 있듯이, 그냥 내가 할 일을 찾아 묵묵히 성심껏 하다 보니 그렇게 된 것뿐이다.

청소하면서
겸허해지다

요즘 인터넷에 떠돌아다니는 유행어 중에 '좋은 운이 들어오는 법!'이 있다. 클릭해서 들어가 보니 한결같이 '집 현관을 깨끗하게 하라.'고 했다. 큰 평수의 아파트에 살 때는 방만큼 넓은 현관에 잡동사니와 신발이 이리저리 굴러다녀도 전혀 신경 안 쓰고 신발을 아무렇게나 벗어버리곤 했다. 그러다 작년에 작은 평수의 아파트로 이사한 후부터는 좁아터진 현관에 신발이 널브러져 있으면 금세 발 디딜 틈이 없었다. 이런 불상사를 막기 위해 집을 나갈 때나 들어올 때 현관에 놓인 신발을 정리하게 되었다. 물론 허리를 굽히는 수고로움조차 귀찮아서 대충 발로 쓱 신발을 구석으로 밀어놓는 게 다이지만.

그래서인지는 몰라도 불현듯 드는 생각은, '이 집으로 이사 오고 나서 좋은 일이 많이 생긴다'였다. 큰딸은 그 어렵다는 취업 문을 뚫었고, 둘째 딸은 임용고시 합격 소식을 기다리고 있고, 막내딸은 새로 전학 간

학교에서 잘 적응하여 좋은 성적을 받고 회장까지 맡았다. 그뿐만 아니라 나도 교장으로 승진하는 기쁨을 안았다. 정말 현관을 깨끗이 해서 이런 복이 우리 집으로 들어온 것일까?

우주에는 인간의 상식으로는 절대로 설명할 수 없는 기운들이 넘쳐난다. 인간뿐만 아니라 집 안의 가구와 식물 등에서도 알지 못하는 기류와 에너지가 뿜어져 나온다. 아무렇게나 벗어 놓은 옷과 신발로 집 안을 어지럽히면 이러한 에너지의 순환에 방해가 된다고 한다. 모든 것을 제자리에 놓고 정갈하게 해놓을 때 집 안 전체가 맑은 숨과 밝고 긍정적인 에너지를 뿜어낸다고 하니 내가 몸담은 공간과 함께 사는 것들에 대해 존중과 예의를 표현하고 싶어졌다. 내 주변을 깨끗하게 하는 것으로!

요리를 좋아하는 한 연예인의 집을 TV에서 본 적이 있다. 그 연예인은 신나게 요리를 하고 있었지만 부엌 싱크대 위를 가득 채운 양념 병들을 보는 순간 미간이 저절로 찌푸려졌다.

'저렇게 모든 양념 병을 싱크대 위에 올려놓으면 도대체 어디서 요리를 한다는 거지?'

반면에 유명한 셰프의 주방을 보면 도마, 칼, 양념 등 모든 것이 제자리를 찾아서 반듯하게 잘 정리되어 있었다. 이렇게 깔끔하게 잘 정리된 부엌 싱크대에서 프로 요리사들은 현란한 칼솜씨와 요리 솜씨를 마치 춤을 추듯 마음껏 발휘했다.

청소 불공

고전평론가 고미숙은 《나의 운명 사용설명서》에서 청소의 중요성을 강조했다. 유교, 불교, 도교를 막론하고 동양에서는 쓸고, 닦고, 정돈하는 등의 청소를 '쿵푸(功夫)'의 기초로 삼았다고 한다. 사찰에 가보면 알겠지만 구도자들은 무엇보다 청소의 달인이다. 티끌 한 조각도 남기지 않고 다 먹기 위해 자기가 먹을 수 있는 양만큼 덜어서 식사하는 발우공양을 수련의 중요한 코스로 삼는 것도 같은 맥락이다.

'요컨대, 약속과 청소 이 두 가지만 잘 지켜도 인생 역전은 어느 정도 가능하다. 아니, 이 두 가지를 지키지 않고 좋은 삶을 살기란 불가능하다.'[1]

법정 스님도 〈청소 불공〉이라는 글에서, 청소하면서 구석구석 쓸고 닦아내는 동안 바깥에 쌓인 티끌과 먼지만 닦이는 게 아니라 우리 마음도 맑고 투명하게 닦인다고 했다. 법정 스님은 신도들에게 '청소 불공'을 권장했다고 한다. 쓸고 닦는 그 정갈하고 무심한 마음으로 불전에 공양을 올려야 하기 때문이다. 주변을 정갈하게 정돈하고 구석구석 쓸고 닦아내는 청소는 공간에 대한 예절일 뿐만 아니라 잡동사니로 가득 찬 마음을 깨끗하게 정화하는 구도의 성스러운 행위인 셈이다.

생각해보니, 내가 입었던 옷이나 신었던 신발을 아무 데나 훌러덩 벗어 던지는 행위는 공간을 무시하는 귀찮음과 게으름에서 비롯된 이기

1 고미숙, 《나의 운명 사용설명서》, 257쪽

적인 것이었다. 이렇게 공간을 무시하는 예의 바르지 못한 인간들에게 공간은 번뇌와 생각의 복잡함, 무력감 등으로 복수를 하는 게 아닐까 생각하니 등골이 섬뜩해진다.

젊었을 때는 혈기 왕성하여 무엇이든 할 수 있을 것 같았고 그래서 오만했던 게 사실이다. 아이 셋을 키우면서 직장에 다니고 눈코 뜰 새 없이 바빠 주변을 돌아볼 여유가 없었다. 이제 오십 중반을 넘어가면서 여기저기 아픈 데가 하나둘 더해지자 점점 겸허해진다. 내가 우주의 주인이 아니고, 우주는 나 중심으로 돌아가지 않고, 나는 거대한 우주의 작은 구성원으로 잠시 이 지구를 빌려 쓰고 있다는 사실을 제대로 깨닫고 난 이후에는 더더욱 겸손해졌다.

나를 둘러싼 공간인 소우주(집)를 청소하면서 스스로 자신을 낮추고 비우는 태도를 유지하게 되었다. 내 주변을 깔끔하게 정리해서 소우주가 숨을 쉬고 좋은 에너지를 뿜어낼 수 있도록 애쓰고, 나의 이기심과 게으름에서 나온 귀찮음으로 공간을 함부로 대하지 않기 위해 노력한다. 그래서 물건들을 제자리를 찾아 정리하고 청소도 주기적으로 하고 있다. 이것이 거대한 우주, 나를 둘러싼 공간에 대한 예의의 표현인 것 같다.

하지만 게을러서 며칠 청소를 미뤘더니 머리카락이 여기저기 둥둥 떠다닌다. 내일은 꼭 청소를 깨끗이 해야겠다. 구도하는 마음으로!

2장

행복한 나로 살기

피플 플리저는 이제 그만

'피플 플리저(People Pleaser)'라는 말이 있다. 나보다 남을 기쁘게 해주기 위해 무리해서 노력하는 사람을 일컫는다. 이런 사람은 남의 비위를 맞춤으로써 안정감을 추구한다.

임경선 작가는 《엄마와 연애할 때》[1]에서 어렸을 때 피플 플리저로 살아왔다고 고백하면서, 자신을 포기하면서까지 남에게 베풀고 남은 것은 더 공허해진 마음과 더 커진 수치심뿐이었다고 했다. 다음에는 그러지 말아야지 하면서도 오히려 상대에게 더 큰 투자를 해버리고 '이 정도 해주면 충분하겠지?'라며 상대에게 호의를 가장한 부담만 줬다고 말하고 있다.

남에게 사랑과 인정을 받기 위해 자신을 희생하면서까지 호의를 베

1 임경선, 《엄마와 연애할 때》, 마음산책, 2012.

풀고, 은근히 기대했던 희생에 대한 보상이 채워지지 않았을 때는 그 사람에게 분노와 배신감을 느끼게 마련이다.

나 역시도 이 부분에 관해서는 일가견이 있다. 어릴 때 선생님께 사랑과 인정을 받기 위해 선생님의 수족(?)이 되어 일을 도와드렸다. 눈칫밥을 많이 먹는 환경에서 자라서인지 상대의 표정에서 기분을 읽어내고 적절한 말을 척척 건네는 데에는 나를 따라올 사람이 없었다. 그래서 젊은 시절에는 학교에 부임하자마자 선배 교사들에게 싹싹하고 친절하다는 말을 들었고, 그럴 때마다 더 신이 나서 궂은일에 두 팔을 걷어붙이고 나서곤 했다.

그러다 이제껏 쌓아온 나의 친절과 희생을 남들이 알아주지 않을 때는 심한 배신감과 분노를 느끼고 결국에는 폭발해버려 사람들과의 관계가 소원해지는 경우를 많이 겪었다. 내가 사람들에게 사랑받고 인정받기 위해 베풀었던 친절과 희생이 마침내 나에게 화로 돌아온 것이다. 사람들이 나를 좋아하고 사랑해 주기를 원했지만, 결과는 분노와 억울함에 시달리는 나 자신과 나를 부담스러워하고 멀리하는 사람들만 늘어나는 경우가 태반이었다.

몇 년 전, 이시형 박사와 상담심리 전문가가 함께 진행하는 힐링 연수를 받았다. "다른 사람을 기쁘게 해주려고 얼마나 나 자신을 학대하면서 살아오셨습니까?"라는 말을 들으면서 괜스레 울컥해졌다. 남을 기쁘게 해주는 친절한 사람이 되기 위해, 부모님을 기쁘게 하는 착한 딸이 되기 위해, 남편과 시댁 식구들을 기쁘게 하는 착한 아내와 며느리가 되기 위해 그동안 얼마나 나 자신을 학대하면서 살아왔던가. 그 결과로, 우리는 전 세계 어느 나라에도 유례가 없는 울화병을 안고 사는 것이 아닐까.

못된 딸이 되고 이기적으로 살아라

그래서인지는 몰라도, 엄마가 딸에게 쓴 많은 인생 지침서에는 유독 이런 말들이 자주 눈에 띈다.

'못된 딸이 돼라!'

'딸아, 이기적으로 살아라!'

사람들을 기쁘게 해주려고 자신을 학대하면서 살아온 엄마들은 딸에게 못된 딸이 되고 이기적으로 살라고 주문한다. 타인보다는 나를 기쁘게 해주기 위해 더 노력하라고 딸들에게 요구한다. 그러나 나를 기쁘게 해주면서 살아가는 일은 수많은 경쟁에서 살아남아야만 하는 우리나라의 현실에서 쉽지는 않아 보인다. 남의 눈치를 안 보고 내 생각과 의견을 당당하게 표현하려면 우선 단단한 자아를 형성해야 하기 때문이다.

타인으로부터 받는 인정에 연연하지 않고 꿋꿋하게 내 생각을 관철하기 위해서는 무엇보다 나의 신념과 생각이 옳다는 믿음이 있어야 한다. 타인의 생각과 의견에 휘둘리지 않는 나만의 확고한 정체성과 주관을 확립할 필요가 있다. 어떤 것이 옳고 그른지 자신만의 잣대로 판단할 수 있는 생각의 힘과 논리를 키워야 한다. 내 생각과 신념을 주장할 때 피할 수 없는 고집불통이라는 비난에서 나 자신을 합리화하고 보호할 수 있는 나만의 논리를 가지고 있어야 한다. 그러나 이것은 보통 힘든 일이 아니다.

시댁에서 제사를 지내지 않은 지 벌써 5년이 지났다. 처음 시집을 와서 제사 지내는 일은 그야말로 고역이었다. 결혼하자마자 첫애를 가져 남산만 한 배를 하고 여섯 시간을 차를 타고 시댁에 도착하자마자 숨 돌릴 겨를도 없이 차례를 지내기 위해 또 여섯 시간 동안 전을 부쳤다. 그럴 때마다 직장 후배가 천주교 신자인 시댁 어른들에게 제사를 지내지 말자고 당당하게 요구했다는 말이 귓가에 맴돌았다. 그렇게 말했다는 후배의 용기와 배짱이 부럽기도 했지만, 한편으로는 얄밉기도 했다. 명절에 여자들이 열심히 일해서 차려놓은 제사상이지만 주인공은 남자들이라는 현실에 나도 불만이 그득했다. 그러나 맏며느리인 내가 목소리를 내어 반대하면 집안 분위기가 어두워질 게 두려웠다. 시어머니께서 내 마음을 아셨는지는 모르겠지만, 몸소 나서서 제사 지내는 것을 중단하셨다.

못된 딸, 못된 며느리가 되라는 말은 남의 눈치 안 보고 무조건 싸움닭이 되라는 것은 아니다. 나만 아는 이기주의자가 되라는 것은 더더욱 아니다. 적당히 나아갈 때와 물러날 때를 가려가며 지혜롭게 서서히 나의 영역을 확대하라는 의미일 것이다.

남을 기쁘게 해주려고 애쓰기보다는 나 자신을 기쁘게 하면서 살아갔으면 좋겠다. 우선, 내가 무엇을 좋아하고 무엇을 싫어하는지, 왜 그렇게 느끼는지 알아야 한다. 나 자신과 수없이 많은 대화를 해야 한다. 그렇게 단단한 나 자신부터 만드는 것이 필요하다. 나의 내면을 탄탄하게 만들려면 공부하면서 나만의 논리를 세워야 하고, 타인이 아닌 나 자신을 기쁘게 하기 위해서는 어떻게 행동해야 하는지부터 몸으로 체득해 나가야 한다.

이것은 유튜브에서 배우는 단편적인 지식이 아니고, 오래 살았다고 저절로 아는 것도 아니다. 철저하게 외로움 속에서 고군분투하며 얻을 수 있는 고통 속의 사리 같은 것이다.

'도대체 나란 인간은 어떤 존재란 말인가?'

못된 딸이 되고, 이기적으로 살려면 이 질문에 답하는 과정이 필요하다. 도대체 나란 인간을 기쁘게 하는 일이 무엇인지 알아 나가는 게 절대로 쉽지만은 않을 것이다. 그럼에도 불구하고 행복한 나 자신으로 살기 위해서는 꼭 해야 하는 일이다.

'욱선생'을
어떻게 억제하지?

퇴근길에 라디오에서 기특한 사연을 들었다. 이야기인즉, 2022 베이징 동계올림픽 쇼트트랙 남자 100m 준결승전의 편파적인 판정에 온 국민이 분노하는 가운데 초등학교 1학년 아이가 화나는 감정을 기록해야 한다면서 글을 3장이나 썼다는 것이다. 어른들은 화를 삭이지 못하고 울분을 토할 뿐이었는데, 이 아이는 기특하게도 자신의 화나는 감정을 한 단계 정화시켜 글로 남겼다. 삐뚤빼뚤한 글씨로 쓴 글을 본 엄마가 감동하여 사진을 찍고 사연을 적어 라디오 프로그램에 보냈다고 한다. 라디오 디제이는 감탄사를 연발하며 칭찬했고, 그 사연을 들으며 나 역시도 그 아이의 어른보다 훌륭한 행동에 손뼉을 쳤다.

막내딸은 작년까지만 해도 북한의 김정은도 무서워한다는 중2병을 앓아서 언제 터질지 모르는 시한폭탄 같았다. 무슨 일로 또 소리를 지르며 화를 낼지 몰라 항상 조마조마했다. 내가 애들한테 너무 히스테리를 자주 부려서 막내가 저렇게 되었나 싶어 자책도 많이 했었다. 승진 시험을 앞두고 스트레스가 극도에 달해 화가 나면 미친 여자처럼 애들한테 소리를 지르고 물건을 집어 던진 적도 있었다. 작게는 아몬드부터 시작해서 크게는 선풍기까지! 세 딸은 그 일을 잊지 않고 두고두고 나를 놀려먹고 있다. 쩝!

화를 내고 있음을 알아챈다는 것

나는 불같이 화내는 데 일가견이 있는데, 고정욱 작가가 쓴 동화책의 한 장면을 읽고 묘한 깨달음을 얻었다.

주인공은 아이들이 아무리 놀리고 괴롭혀도 전혀 화를 내지 않는 친구를 이상히 여기고 물어본다. 어떻게 그런 상황에서 화를 내지 않을 수 있냐고. 그러자 그 친구는 화가 나면 자신은 유체 이탈을 하듯 화가 나는 그 상황을 빠져나와 위에서 지켜보는데, 그러면 전혀 화가 나지 않는다고 대답한다.

어떻게 이게 가능하지? 나는 이해가 되지 않았지만, 아이가 화나는 상황에서 슬기롭게 대처하는 노련함에 살짝 기가 죽었고, 어떻게 그 비법을 따라 할 수 있을까 마음이 동하였다.

그러던 중 책에서 혜민 스님의 말씀이 눈에 확 꽂혔다.

“어떻게 하면 화(火)를 다스릴 수 있습니까? ‘욱선생’을 어떻게 억제할 수 있을까요?”

“화를 없애려면 그 화난 마음 안으로 들어가서는 안 됩니다. 불편한 감정은 없애려 할수록 더 살아납니다. 그 마음자리에서 빨리 빠져나와야 합니다. 마음 밖으로 나와서 화를 내는 나를 바라보면 그 화가 점차 소멸됩니다.”

“어떻게 빠져나올 수 있습니까?”

“간단해요. 알아차리면 됩니다. ‘아, 내가 화를 내고 있구나.’를 알아차리면 그 순간에 빠져나올 수 있습니다. 알아챔, 즉 앎은 본시 청정한 것입니다. 알아차리고 청정한 마음을 되찾은 이후에 드라마 보듯 화를 내는 자신을 보면 됩니다. 들어가서 조작하려고 하면 마치 진흙탕을 손으로 누르는 것과 같습니다. 누르면 누른 만큼 더 진흙이 올라옵니다. 화는 조건과 원인이 다하면 스스로 소멸하게 됩니다. 그러니 가만히 지켜만 보면 됩니다.”[1]

스님과 동화 속의 꼬마는 놀랍게도 똑같은 이야기를 하고 있다. 화가 나는 상황에서는 ‘내가 화를 내고 있구나’하고 빨리 알아채고 그 화나는 상황에서 빨리 빠져나오는 것이 비법이었다. 그러고는 그 상황을 팔짱끼고 멀리서 바라보면 된다. 여기서 핵심은 알아차림이었다.

---

1 이태형, 《인생에서 가장 소중한 것》, 쌤앤파커스, 2013.

그러나 이론과 실제는 항상 동떨어진 법! 며칠 전 서로 옥신각신하는 딸들 앞에서 나는 또 이성을 잃었고 막말을 퍼부어댔다. 흑흑! '내가 화를 내고 있구나'하고 빨리 알아채고 그 화나는 상황에서 빨리 빠져나와야 하는데 이성을 잃어버렸다.

김성수 작가는 감정을 다스리는 15초 법칙을 소개하고 있다. 하나의 감정이 치솟아 정점을 찍는 데 15초가 걸린다고 한다. 화 혹은 기쁨의 갈래로 접어드는 데 3초가 걸리고 15초면 그 감정의 정점을 찍고 이내 다른 감정으로 변한다는 것이다. 내가 아무리 화가 나든 기쁘든 그 감정의 수명이 고작 15초라니! 결국 15초만 참으면 된다는 결론이다.

이 15초 법칙을 알기 전에도 화가 나면 심호흡을 크게 3번 하라는 둥, 참을 인(忍) 자가 3개면 살인도 면한다는 둥 화를 삭이는 많은 비법이 세간에 전해져왔다. 화가 나는 상황을 참지 못하고 화를 내면 우선 나의 몸과 마음이 피폐해진다. 거기다 막말까지 쏟아낸다면 듣는 사람도 상처를 받지만 말을 내뱉은 나 자신도 후회하고 자책하게 된다. 화가 난다고 화를 내봤자 백해무익! 그러니 화가 나는 상황이 오면 유체 이탈을 시도해보기를 적극 권장한다.

오십 평생을 살아오면서 사회생활을 해봤기에 감정을 조금은 다스릴 줄 안다. 직장에서는 아무리 화가 나는 상황에서도 절대로 이성을 잃지 않고 화를 내지 않으며 침착하게 나의 화난 감정을 알아채고 유체 이탈을 하는 게 어느 정도 가능하다. 그러나 가장 가까운 가족에게는 그게 잘되지 않는다. 특히 딸들을 대할 때는 쌓아놓은 화가 수도꼭지 터진 것처럼 마구마구 폭발해버리곤 한다. 가장 가까운 가족이라 나의 가면을 쓸 필요가 없어서일 것이다.

딸들아, 이제부터 알아차림의 비법을 잘 습득해볼 테니 너희들도 서로 예의를 지키고 화를 줄이면서 살아보자꾸나. 화날 때는 유체 이탈! 꼭 명심하자!

쿨한 사람 VS 꽁한 사람

세상에는 쿨한 사람과 꽁한 사람이 있다. 쿨한 사람은 타인을 신경 쓰기보다는 나 자신의 생각과 감정이 중요하다. 화가 나는 상황인데 상대가 곧바로 미안하다고 하면 쿨하게 넘어가기도 하고, 만약 똑같은 실수를 반복해서 하면 곧바로 지적한다. 그 대신 뒤끝은 없다.

반면에 꽁한 사람은 세상을 참 힘들게 살아간다. 이 말을 하면 상대가 나를 어떻게 생각할까, 내가 한 말이 혹시 상대에게 상처를 주지는 않을까 항상 노심초사한다. 그래서 자신의 마음을 다치기 일쑤다. 꽁한 사람은 화도 잘 못 내고 직언도 못 할 뿐만 아니라 부탁도 잘 못 한다. 그 대신 타인의 부탁을 거절 못 하고 궂은일을 자신이 다 도맡아 하곤 한다. 꽁한 사람은 평상시에는 유순해 보여도 뒤끝 작렬이다. 화를 잘 내지 않는 대신 한번 폭발하면 인연도 끊어버린다.

나는 꽁한 사람이다. 직장에서는 될 수 있는 한 거의 화를 내지 않는다. 성질 같아서는 소리를 버럭 지르고 싶을 때도 있지만 웬만해서는 참는 편이다. 다들 성인인데 아이 대하듯 지적질을 하면 더 역효과가 나기 때문이기도 하고, 내가 내뱉은 말이 다시 부메랑이 되어 나에게로 돌아온다는 사실을 너무나 잘 알기 때문이기도 하다. 덩달아 싫은 소리도 잘 못 한다. 잘못한 것이 빤히 보여도 꾹 참고 지나갈 때가 많다.

몇 년 전 같이 근무하던 교사와 친하게 지낸 적이 있다. 그 교사는 조금 독특한 성격이라 다른 분들과 잘 어울리지 못했다. 그러던 어느 날 방과 후에 우리 반 교실에 그 교사가 찾아와 엉엉 우는 것이었다. 속상한 일이 있었는데 하소연할 데가 없어서 나에게 왔겠거니 생각하고 이유도 물어보지 않고 가만히 안아주었다. 내심 나에게 기대는 그 교사가 안쓰럽기도 하고, 내가 그만큼 편한가 보다 생각하고 내 인성에 대한 자부심으로 조금 우쭐해지기도 했다.

그런데 어느 날 그 교사는 말도 안 되는 이유로 나에게 화를 내면서 짜증을 부렸다. 너무 충격이었다.

'얼마 전 나에게 의지했던 일을 깡그리 잊어버리고 어떻게 화를 낼 수 있지? 나와 그는 감정의 동맹을 맺은 것이 아니었나? 그는 나와 가까운 사이인 줄 알았는데?'

나만의 착각이었다. 그 교사의 날카로움과 공격성은 동맹 및 우방, 적군을 가리지 않았다. 자신이 불리한 처지에 있다고 생각되면 무차별 공격이었다. 그 뒤로 나는 그 교사와 거의 말을 섞지 않았다.

오늘도 비슷한 일을 당했다. 서로 의지하고 흉허물없이 지낸다고 여겼던 사람에게서 무차별 공격을 당했다. 자신이 조금 불편해진 것을 모두 내 탓으로 돌리면서 화를 내고 짜증을 부렸다. 나는 또 상처를 받았다. 뒤끝 작렬인 내 성질 같아서는 그 사람을 다시는 안 보고 싶었다. 그러나 같은 직장에 근무하는 한 그럴 수도 없는 노릇이었다.

나처럼 꽁하고 뒤끝 작렬인 사람에게는 아픈 내면 아이가 있는 경우가 많다. 사람들에게 인정받고 사랑받고 싶어 하는 내면 아이. '좋은 사람 콤플렉스'라고도 할 수 있다. 타인의 기대에 부응하지 않으면 버려질 것 같고, 타인을 위해서 뭐든 발 벗고 나서지 않으면 사랑받지 못할 것 같아 자기감정을 꼭꼭 숨긴다. 항상 타인의 눈치를 보고 나의 진정한 내면의 목소리를 억누른다.

"타인을 만족시키기 위해 나 자신을 얼마나 학대했나요?"

자기 치유 프로그램에서 가슴에 와닿은 말이었다. 꽁한 사람들은 혼자서 속앓이를 하다가 속병에 걸리거나 심하면 큰 병에 걸리는 경우도 많다. 상처받은 내면 아이를 치유해야 한다. 치유하려면 연습이 필요하다. 정신과 의사인 양창순 작가는 거절하고 싶은 소리를 하는 것도 연습과 기술이 필요하다고 했다. 친절하면서도 단호하게 즉시 의사 표현을 하는 것이 좋다고 했다. 나로 살려면 상처받은 감정을 숨기지 말고 내면 아이에 숨지 않아야 한다. 친절하면서 단호하게 나를 표현해야 한다.

다 닳은 신발 굽이 하는 말

1년 전 다른 교육청으로 심사를 와달라는 제안을 받았다. 코로나 팬데믹으로 집과 학교만 다람쥐 쳇바퀴 돌 듯 왔다 갔다 해서 답답했기에 흔쾌히 승낙했다. 그래도 공식적인 자리에 심사위원으로 가는지라 어떤 옷을 입고 갈지, 신발은 어떤 걸 신고 갈지 신경이 쓰였다. 갑자기 기온이 뚝 떨어지는 바람에 작년에 드라이클리닝을 해두었던 겨울 정장을 꺼내 입었다. 그런데 신발이 마땅한 게 없었다. 뾰족구두를 신기에는 쌀쌀하고 목이 긴 부츠를 신기에는 너무 답답해 보여서 한참 망설였다. 옷과 신발을 맞춰보다 롱스커트를 입고 평상시 신고 다니는 워커를 신기로 했다.

이 워커는 몇 년 전 인터넷으로 저렴하게 사서 잘 신고 다니고 있다. 우선 발이 쑥쑥 들어가서 신고 벗기가 편하다. 작년에 비싼 돈을 주고 산 롱부츠는 신으면 따뜻하기는 하지만 신고 벗기가 영 불편했다. 식당에라도 들어갈라치면 나 혼자 귀퉁이에서 신발과 한바탕 씨름을 해야 했다. 그러니 자연히 멀리하게 되고 편한 워커만 신고 다니게 되었다.

평상시는 몰랐는데 신발을 닦으려고 뒤집어보니 뒤창이 다 헤어져 있었다. 구두 굽이 다 닳아서 나무로 된 구두 축까지 벗겨질 지경이었다. 발이 쑥쑥 들어가서 편하다고 무심하게 몇 년을 신고 다녔더니 신발이 이 모양이 되었다.

신발만 만신창이가 된 것은 아니다. 감기 한 번 안 걸릴 만큼 건강하다고 몸을 함부로 썼더니 건강도 나빠졌다. 편하고 거리낌 없다고 성질대로 나오는 대로 말을 내뱉었더니 딸들의 마음도 상처투성이가 되었다.

만약 겨울에 신을 수 있는 신발이 이 워커 한 켤레밖에 없었다면 이 지경이 되도록 놔두지는 않았을 것이다. 아마 깨끗이 닦고 굽이 닳으면 얼른 갈아서 애지중지 보살폈을 것이다. 내가 평상시에 몸이 약해서 골골거리는 약골이었다면 무리하지 않고 내 몸을 아끼면서 조심조심 살았을 것이다. 자식을 귀하게 얻어 외동을 키우게 되었다면 딸들에게 그렇게 함부로 대하지는 않았을 것이다.

너무 풍족한 것이 화근이었다. 신발도 너무 많다. 뾰족구두도 색깔별로 여러 켤레, 롱부츠도 두 켤레, 거기다 워커까지. 그러니 아낄 줄 몰랐다.

밤새워서 일해도 거뜬하고 감기 한 번 안 걸리는 튼튼한 몸! 그래서 남편이 '땐땐이'라고 불렀던 내 몸! 내 욕심을 꾸역꾸역 채우기 위해 몸을 혹사해서 큰 병에 걸렸다. 조금만 내 몸을 보살피고 내 몸이 보내는 신호를 알아차렸다면 이 정도로 만신창이는 되지 않았을 것이다.

결혼하면서 곧바로 큰애를 낳고, 둘째, 셋째까지 수월하게 출산하면서 자식을 주신 것에 대한 감사를 모르고 살았다. 만약 임신하려고 휴직까지 하고, 배란일에 맞춰 병원에 다니는 고초를 겪으면서 아기를 가졌다면 얼마나 소중하게 아이를 대했을까?

신을 신발이 너무 많고, 무리해도 내 몸이 잘 버텨주고, 자식도 수월하게 셋이나 낳았다. 너무 풍족하고, 너무 건강하고, 자식 또한 쉽게 얻었다. 그러니 감사할 줄 모르고 아낄 줄 몰랐다.

뒷굽이 다 닳은 신발을 보면서 내 삶을 되돌아본다. 다 닳은 신발 굽은 갈면 그만이다. 만신창이가 된 내 몸은 어찌하나? 상처투성이인 딸들의 마음은 어떡하나?

매사에 감사하며 살 일이다. 아끼고 돌보고, 참고 배려하면서 살라고 말하는 것 같다. 다 닳은 신발 굽이 나에게 그렇게 말하는 것 같다.

둔감하게 대처하기

인터넷 뉴스를 검색하면 소위 핫한 뉴스에는 댓글이 수백 개씩 달린다. 그중 대부분은 비방과 욕설이 담긴 악플이다. 사람들은 공개적으로 불합리함을 따지거나 공식적으로 불만을 제기하는 대신 이런 악플로 스트레스와 화를 풀어내곤 한다. 일종의 감정의 쓰레기통이다. 그런데 묘하게 이런 악플에 끌리는 것이 이상하다. 악플을 읽다 보면 나의 화난 감정을 대변해주는 것 같기도 하고 나 대신 신나게 욕을 해주는 것 같기도 해서 통쾌함을 느끼기도 한다.

얼마 전에는 브런치에 쓴 내 글에도 악플이 달린 적이 있다. 막상 남의 일이 아닌 내 일이 되고 보니 기분이 썩 좋지는 않았다. 이런 악플 달기를 방지하기 위해 브런치에는 작년부터인가 댓글 쓰기를 막는 탭이 생겼다. 얼른 그 탭을 눌러버렸다. 다시는 사람들이 내 글에 댓글을 달지 못하도록 했다. 댓글에 악플만 달리는 건 아닌데도 말이다.

댓글을 달려면 회원가입을 하고 로그인을 하는 귀찮은 과정을 몇 번이나 거쳐야 한다. 그러므로 댓글을 단다는 것 자체가 수고로운 과정이다. 그만큼 내 글에 애정이 있고 공감을 했다는 증거이기도 하다. 독자들이 댓글을 쓰면서 공감받은 마음을 확인하고 자신의 감정을 정화하고 힐링한다는 사실도 뒤늦게 깨달았다.

둔감력의 실체

이기주 작가는 《말의 품격》에서 정제되지 않은 예리한 말의 파편이 여기저기서 튀어 올라 우리의 마음을 긁고 할퀴는 숨 막히는 세상을 어떻게 살아야 할지를 '둔감력(鈍感力)'으로 설명해준다. 소설 《실낙원》을 쓴 와타나베 준이치도 둔한 감정과 감각이라는 뜻의 '둔감(鈍感)'에 힘을 뜻하는 '역(力)' 자를 붙인 '둔감력'이 삶의 원동력이 될 수 있다고 말한다.[1] 둔감력은 곰처럼 둔하게 살아가는 것이 아니라 지나치게 예민하게 반응하지 않고 둔감하게 대처하면서 자신만의 페이스대로 삶을 살아가는 걸 의미한다. 이런 점에서 둔감력은 무신경이 아닌 복원력에 가깝다.

와타나베 준이치는 둔감력이 좌절감을 극복하는 마음의 근력 또는 회복적 탄력성과 묘하게 닮아있다고 했다. 타인의 말에 쉽게 낙담하지

1 와타나베 준이치, 정세영 옮김, 《나는 둔감하게 살기로 했다》, 다산초당, 2022년.

않고, 가벼운 질책에 좌절하지 않으며, 자신이 고수하는 신념과 철학을 바탕으로 말하고 행동하는 힘, 그렇게 삶을 바라보는 세계관이 둔감력임을 강조하고 있다.

누구든 상처를 받지 않고 살 수는 없다. 학창 시절에는 친구와 선생님이 무심코 던진 말에 상처를 받곤 했다. 학교를 졸업하고 사회에 나와서는 더 살벌한 전쟁터가 기다리고 있었다. 직장 선배, 동료, 상사로부터 날 선 말들이 비수처럼 수시로 나의 마음을 향해 날아왔다. 사랑하는 가족도 말로 상처를 주는 데 예외는 아니다. 사랑하는 사람에게 받은 상처는 더 깊게 마음에 상흔을 남긴다. 바람에 흔들리는 꽃처럼 날아오는 비수에 일일이 다 반응하고 슬퍼하고 상처받다 보면 남는 것은 우울증과 자기혐오뿐이다.

얼굴이 좀 두꺼워져도 괜찮다!

'둔하다'는 말은 눈치가 없고 미련하여 센스가 없다는 뜻으로 많이 쓰인다. '얼굴이 두껍다'는 말도 부정적인 어감이 강하다. 뻔뻔하고 몰상식한 사람을 흔히 얼굴이 두껍다고 한다. 그러나 세상을 살아갈수록 둔해지고 얼굴이 두꺼워져야 할 필요성을 느낀다. 특히 책임을 지는 직책을 맡을수록 더욱 그러하다. 만약 한 나라를 이끌어가는 대통령이 일희일비하면서 깃털처럼 가볍게 처신한다면 국민은 지도자를 신뢰할 수 없을 것이다. 자신의 속내는 숨기고 기뻐도 슬퍼도 항상 평온한 표정으로 침착하게 국사를 처리해나갈 때 국민은 그를 믿고 자신의 본업에 충실할 수 있다. 도량이 넓고 관대한 사람은 작은 일에 얽매이지 않고 우직하게 흔들림 없이 자기 일을 해 나간다.

자신을 비난하는 악플로 마음고생을 하는 후배 연기자에게 대선배인 박근형 배우는 이렇게 말해주었다고 한다. "악플을 보지 않으면 된다." 수십 년 동안 연기자의 길을 우직하게 걸어온 대배우의 아우라가 느껴지는 말이다. 나에게 상처를 주는 말들, 조언이랍시고 들려주는 어정쩡한 충고와 조언, 상사의 질책과 비판 등은 그냥 적당히 무시하고 내 페이스대로 내 갈 길을 가고 내 할 일을 하면 된다.

얼마 전 내 딸은 중요한 실기 시험을 앞두고 교수님의 지적에 가까운 충고에 상처를 받아 어쩔 줄 몰라 했다. 적당히 받아들일 수 있는 것만 받아들이고 다른 건 무시하라고 조언을 해주었다. 적당히 무시할 건 무시해야 흔들리지 않고 온전히 나로 살 수 있다. 우리는 지금 충분히 열심히 살고 있고 잘하고 있다. 사정없이 바람에 흔들리는 꽃보다는 우직하게 땅에 굳건한 뿌리를 둔 소나무처럼 흔들리지 말고 나의 길을 가야 한다. 처음에는 잘 안 될지도 모른다. 그러나 자꾸 그렇게 하다 보면 내성이 생기고, 마음에도 굳은살이 박이고, 사소한 일에 요동하지 않고 평정심을 유지할 수 있다.

훌륭한 사람이 되라고?

"엄마, 아빠가 너무 힘들면 그만두래!"

"그만두면 뭐 하려고?"

이제 막 직장생활을 시작한 둘째 딸이 징징거린다. 나보다 더 일중독자인 남편이 딸에게 너무 힘들면 그만두라고 했다니 의외였다. 때마침 옆에 있던 남편이 한마디 덧붙였다.

"요즘 애들은 그 어렵게 합격한 연구사를 그만두더라."

수백 대 일의 어려운 관문을 뚫고 합격한 공공기관의 연구직을 자기 적성에 안 맞는다고 1년도 안 되어서 그만둔다고 남편은 혀를 내둘렀다.

요즘 젊은이들은 정말 용감하다. 남편이나 나 같은 꼰대 세대들은 감히 상상도 못 할 일을 서슴없이 한다. 우리 세대는 직장에 들어가면 무조건 열심히 하는 게 당연한 줄 알았고 또 그렇게 살아왔다. 설사 하는 일이 적성에 잘 맞지 않아도 그 환경에 적응하려고 무진장 애를 썼다.

젊었을 때는 부모님의 뜻에 거스르지 않으려고 열심히 직장에 다녔고, 결혼 후 아이가 생기면서부터는 경제적인 이유로 계속 직장생활을 했다. 열심히 일하는 이유에 나 자신은 없었다.

열심히 살면 다 잘 될 거라는 착각

미국 세이브룩대학교에 교수로 재직 중인 제임스 홀리스(James Hollis)는 《내가 누군지도 모른 채 마흔이 되었다》에서 '중간항로에서 겪는 가장 강력한 충격 중 하나는 우리가 암묵적으로 우주와 맺었던 계약, 다시 말해 우리가 옳게 행동하고 선의를 지니면 모든 일이 제대로 풀릴 거라는 생각이 무너지는 것이다.'라고 했다.

나 역시도 열심히 살면 다 잘될 줄 알았다. 열심히만 하면 내가 꿈꾸던 대로 인생이 술술 풀릴 줄 알았다. '하늘은 스스로 돕는 자를 돕는다.'라는 말을 철석같이 믿었다. 내가 열심히 살았기 때문에 신은 나를 도와서 내가 원하는 바를 꼭 이루어줄 것이라 은연중에 굳게 믿었다. 그러나 오십 평생을 살면서 믿는 도끼에 발등이 찍히는 기분이 들었다. 나처럼 아등바등 살지 않아도 될 사람은 되고 성공하는 사람은 성공하는 듯이 보였다. 누구는 운이 좋았고 누구는 줄을 잘 탔다. 줄을 잘 타고 힘센 사람의 눈에 드는 것도 실력이고 능력이라는 말이 열심히 사는 나를 비웃기라도 하는 듯이 들려왔다.

나는 왜 열심히 살았는지 되돌아보게 되었다. 어쩌면 남들보다 조금이라도 나아져서 사람들에게 인정받으려는 내면아이의 욕구 때문은 아니었을까. 왜 대학원을 다니고 학위를 따야 하는지에 대한 당위성에 대해서는 생각해보지 않고 반짝이는 귀걸이나 목걸이를 달 듯 나를 빛나게 해줄 학위를 딴 건 아닐까. 세 아이를 키우면서 시판되는 기저귀를 사서 편하게 키워도 될 것을 굳이 천기저귀를 고집하면서 내 몸이 축나게 만든 것은 '나는 직장을 다니면서도 엄마 역할도 이렇게 열심히 한다.'라고 남들에게 보여주기 위한 악에 받친 시위에 가까운 건 아니었을까.

꼭 회사나 조직의 우두머리가 되어야 행복한 건 아니다. 행복이란 남들에게 보여주기 위한 감투에 있는 것이 아니다. 내가 일하면서 보람을 느끼고 세상을 좀 더 나은 방향으로 나아가게 하는 데 공헌한다면 그것이 바로 행복이다. 내면에서 충만함을 느끼고 환희를 느낀다면 그것이 바로 행복이다. 행복은 남들에게 보여주는 외면에 있는 것이 아니라 바로 내면의 충만함 속에 있다.

훌륭한 사람보다는 내가 되고 싶은 사람!

"뭘 훌륭한 사람이 돼? 그냥 아무나 돼!"

가수 이효리는 예능프로그램에서 이렇게 말했고 사람들 사이에서 이 말이 회자되었다. 어려서부터 우리는 훌륭한 사람이 되려면 성실해야 하고 열심히 공부해야 한다고 귀가 따갑게 듣고 자랐다. 훌륭한 사람이 되기 위한 너무나 많은 주문을 무조건 순종해야 하는 규율인 듯 아무 생각 없이 따랐다. 왜? 훌륭한 사람이 되면 부모님이 기뻐하실 테니까? 후세에 이름을 남길 수 있으니까? 나는 왜 훌륭한 사람이 되어야 하는지에 대해서 한 번도 생각해 본 적이 없다. 무조건 훌륭한 사람이 되면 좋겠다는 바람으로 열심히 공부하고 성실히 살았을 뿐이다. 그 이유가 없었다.

훌륭한 사람은 도대체 어떤 사람일까? 유관순 열사나 이순신 장군 정도 되어야 훌륭한 사람일까? 역사에 길이 남을 위인이 되기 위해 나라를 구하고 목숨을 바쳐야 하는 걸까? 남들이 알아주지 않아도 묵묵히 자신의 주어진 삶을 열심히 살아가는 사람들은 훌륭한 사람이 아니고 존경받아 마땅한 사람이 아니란 말인가. 1년 365일 손님과의 약속을 지키기 위해 매일같이 가게 문을 여는 아저씨, 새벽에 손님을 맞이할 준비를 하는 식당 아주머니, 비가 오나 눈이 오나 거리를 청소하시는 할아버지! 이런 분들이 우리 삶에 없어서는 안 되는 사람이고, 조금씩 나은 방향으로 이 사회를 이끌어가는 진정 훌륭한 분들이 아닐까.

남에게 당당하게 보여주기 위한 거창한 직함이나 지위는 없지만 남이 알아주지 않아도 자신에게 주어진 일을 묵묵히 해 나가는 사람들이 바로 우리 부모님이고 이웃이다. 남에게 보여주기 위해 열심히 살기보다는 나답게 살고 싶다. 내가 되고 싶은 사람이 될 것이다. 내가 기뻐하는 삶을 살 것이다. 내면에서 충만감을 느낄 수 있는 무언가를 찾을 것이다. 더는 남들이 정해놓은 잣대에 나를 끼워 맞추기 위해 열심히 사는 일을 그만둘 것이다.

오늘,
행복을 선택하기

"엄마, 나는 친구가 없어!"

고등학교에 입학한 막내딸이 3일 내내 나를 졸졸 따라다니며 한 말이다.

오늘은 이불을 뒤집어쓴 채로 막내가 출근하는 내 뒤통수를 향해 결단의 말을 내뿜었다.

"엄마, 나 오늘 학교 안 갈래!"

나는 그 결단에 찬물을 한 바가지 확 뒤엎고 총총걸음으로 출근했다.

"그래? 학교 가지 마!"

그날 온종일 마음이 찜찜했다. 좀 더 따뜻한 말로 위로를 해줬어야 하나? 걱정을 한가득 안고 퇴근해서 보니 웬걸! 막내는 신이 나서 학교에서 있었던 일을 쫑알쫑알 쏟아낸다. 휴~~ 다행이다. 막내는 그날 행복을 선택했던 것이다!

유엔은 2019년부터 2021년 3년 동안의 갤럽조사를 토대로 '2022 세계 행복보고서'를 발표했다. 각국의 국내총생산(GDP), 건강 기대수명, 사회적 지지, 인생에서 선택의 자유, 부정부패, 관대함 등 6개 항목을 토대로 행복지수를 산출했다. 세계 146개국 중 1위는 핀란드였고, 덴마크, 스웨덴, 노르웨이를 비롯한 북유럽 국가들이 행복순위 상위권을 차지했다. 안타깝게도 우리나라는 59위였다.[1]

사람들은 북유럽 국가의 행복지수가 높은 이유로 복지정책, 일과 가족 사이의 삶의 균형, 검소하고 현재에 만족하는 자세 등을 꼽는다. 반면에 2011년 '세계에서 가장 행복한 나라'로 알려졌던 부탄의 행복지수가 급락한 이유는 급격한 도시화로 인터넷과 SNS 등이 발달하면서 상대적 빈곤을 알게 되었기 때문이라고 관측하는 사람들이 많다.

피 말리는 경쟁을 하고, 비교에서 오는 불안에 빠지고, 지금 가진 것에 만족하지 못하는 사람이 행복할 리 없다. 이것이 행복지수가 낮은 사람들의 특징이다. 불행은 갖고 있는 것에 만족하지 못하고 남과 비교하면서 시작되는 것 같다.

행복은 내가 선택하는 것!

요즘 유튜브에서 즐겨보는 명상 채널이 있는데, '감정은 나 자신이 아

1 한국일보, 권정희 논설위원, 행복은 어디서 오는가, 2022.3.25.

닙니다. 감정에 휩쓸리지 마세요!'라고 강조한다. 그러면서 깊은 심호흡을 통한 명상을 해서 한없이 떠오르는 생각과 감정을 흘려보내고 평정의 마음을 가지라고 권한다. 한마디로 행복을 선택하라는 것이다. 오늘을 행복하게 살기로 선택하고 내일도 모레도 그렇게 살다 보면 하루하루가 행복할 것이다. 행복을 내가 선택할 수 있다니! 이 얼마나 멋진 발상의 전환인가!

새 학기가 시작되는 시즌이 되면 교장은 정신이 없다. 거기다 코로나 팬데믹 시국일 때는 확진자 수에 촉각을 세우고 촌각을 다퉈 전면등교냐 원격수업이냐를 결정해야 한다. 선생님들도 아이들 가르치랴, 건강상태 체크하랴, 또 보고하랴, 방역수칙 지키랴 몸이 열 개라도 모자랄 판이다. 학생들도 온종일 마스크를 쓰고 가림막 앞에서 지켜야 할 너무나 많은 규칙으로 인해 힘든 하루를 보낸다.

이렇게 정신없이 무언가에 쫓기듯 살다 보면 나 자신은 어디론가 도망가버리고 내 속에는 일상의 잡생각과 근심 걱정들만 가득 들어앉아 있다. 주객이 전도된 셈이다. 내 머릿속에 들어와 있는 녀석들에게 혼이 팔려 그 잡생각과 근심 걱정에만 끌려다니게 된다. 그러니 도대체 행복이란 단어는 근접할 수가 없다. 그저 하루하루를 버텨내는 것만도 힘들 따름이다. 이럴 때는 재빨리 나 자신이 원하는 것을 알아차리고 정신을 똑바로 차려야 한다. 나를 괴롭히는 녀석들을 곧바로 내 안에서 쫓아내야 한다.

네팔 사원에서 수행하는 불교 승려 마티유 리카르(Matthieu Ricard)는 '행복이란 건강한 마음에서 우러나오는 충만한 느낌'이라고 했다. 충만함은 단순한 쾌감이나 즐거움 또는 순간적인 감정과는 다른 최적의 기분 상태라고 한다. 이를 위해서는 마음의 번뇌를 없애는 것이 중요하다. 몸은 병과 고통이 없을 때 편안하고 자유로워지는데 마음도 똑같다. 마음도 미움, 질투, 분노, 공포심, 두려움, 질투 등 번뇌로부터 자유로워야 행복을 경험한다. 부지불식간에 떠오르는 감정에 이리저리 휘둘리지 않고 깨어있어 나 자신을 알아차리는 것! 여기서부터 행복은 시작되는 것이다.

어느 신문 칼럼에서 주위에 행복한 사람들이 많으면 나도 자연스럽게 행복해진다고 했다. 행복은 타인이 어려울 때 도와주는 넉넉한 마음에 깃들기 때문이다. 나부터 행복한 사람이 되면 내 주위 사람들도 행복해진다. 탈무드에서도 '친구에게 이를 드러내고 웃는 사람이 친구에게 우유를 건네는 사람보다 낫다.'라고 강조한다. 나는 나부터 행복한 사람이 되어 다른 사람들을 쾌활하게 맞이하고 싶다. 나의 우울함이 다른 사람에게 전염되지 않도록 말이다.

나도 모르게 내 속에 들어와 주인 행세를 하는 각종 번민과 고뇌의 노예가 되고 싶지 않다. 그래서 몸이 피곤하면 아무 일도 안 하고 편히 쉬는 편이다. 내 마음이 번뇌와 고민으로 복잡하고 시끄럽다면 깊은 호흡과 함께 명상하는 것도 좋은 방법이다. 아니면 아무 생각 없이 그냥 멍 때리는 것도 좋다. 요즘은 불멍이 유행이다. 모닥불이 피어오르는 모양을 보면서 아무 생각 없이 가만히 있는 시간을 가지는 것! 인터넷을 검색하면 불멍용 램프 등 기발한 상품들이 넘쳐난다.

몸은 독소로 가득 차면 반드시 병이 생긴다. 이런 독소 덩어리들이 밖으로 배설되지 못하고 몸 안에 쌓일 때 암으로 자란다. 그래서 몸에서 독소를 비우는 해독 기법을 한방에서는 중요하게 여긴다. 마음도 안 좋은 것으로 가득 차면 병이 된다. 그것이 밖으로 표출되면 울화병이 되고 자신을 공격하면 우울증이 된다. 병이 되기 전에 마음을 비워야 한다. 비워야 또다시 새롭고 빛나는 것들로 채울 수 있다.

잘 자고,
잘 먹고, 잘 싸기

"교장 되니까 좋아?"

"글쎄……."

그동안 알고 지내던 지인들은 교장이 된 나에게 전화를 걸어 심정을 물어보곤 한다.

"변비로 엄청 고생했어. 똥을 못 싼다고!"

사실 교장이 된 기쁨은 잠시이고 나도 모르는 사이 중압감에 눌려 몸이 힘들다는 신호를 보내고 있었다.

우선 집에서 학교까지 출근하는 시간이 배로 늘었다. 새롭게 바뀐 환경에 익숙해지기 전이라 학교에서 왔다 갔다 하는 사람들이 직원인지 택배 기사인지조차 구분이 안 되었다. 게다가 코로나 때문에 모일 수도 없고 대부분 줌으로 회의를 해서 현황 파악이 늦어졌다. 새롭게 결정해야 하는 사항은 왜 그리 많은지! 좋은 게 별로 없다고 몸이 말하고 있었다.

주말에 결국 사달이 나고 말았다. 평상시에는 긴장하고 있어서 몸이 보내는 신호를 전혀 알지 못하다가 주말이 되니 긴장이 조금 풀렸다. 화장실에 갔는데 도저히 변을 볼 수가 없었다. 두 시간 동안 화장실을 들락날락하며 용을 쓰다 보니 식은땀이 나고 다리는 힘이 풀리고 공황장애가 올 지경이었다. 결국은 남편에게 SOS를 보냈다. 남편이 약국에서 변비약과 관장약을 사 와서 먹어봤지만 소용이 없었다. 도저히 안 될 것 같아 병원으로 직행했다. 병원에서 두 번의 관장을 했는데도 여전히 효과가 없었다. 의사 선생님은 정 안 되면 대학병원에 가보는 수밖에 없다고 했다. 세상에 변비로 응급실까지 가야 하다니!

남편은 살다 살다 이런 경우는 처음 봤다며 구겨진 얼굴로 계속 구시렁거렸다. 기본 욕구가 해결이 안 되면 이렇게 괴롭고 힘들다는 것을 새삼 느꼈다. 잘 자고, 잘 먹고, 잘 싸는 것이 얼마나 중요한지 절감하는 순간이었다. 기본 욕구가 해결이 안 되니 인간으로서의 자존감, 품위 따위는 곧바로 추락해버렸다. 인간은 사람이기 전에 동물이었다. 기본 욕구가 충족되지 않으면 인간으로서의 품위는 사치품일 뿐이었다. 문득 선천적으로 항문이 없이 태어난 사람이 쓴 글이 생각났다. 한 번의 심한 변비로 이렇게 수치감을 느끼며 고통을 겪는데 그분은 어떤 심정이었을까. 조금은 이해가 갔다.

내 몸이 하는 말에 귀 기울이기

젊었을 때는 건강의 소중함을 잘 모른다. 조금 아파도 자고 일어나면 툭툭 털고 일어날 수 있고, 며칠 밤을 꼬박 새워도 끄떡없다. 나도 젊었을 때는 내 몸이 무쇠 덩어리인 줄 알았다. 아무리 몸을 써도 강단 있게 버텨내 줄 것이라 굳게 믿었다. 그러나 중년으로 들어서면서 몸은 여기저기서 신호를 보내기 시작했다. 일 욕심에 혹은 너무 바빠서 혹은 아이들 챙기느라 내 몸을 돌보는 것은 항상 뒷전이었다. 그러다 덜컥 암에 걸리고 말았다.

그때부터 유기농 음식에 관심을 두게 되었고 한살림에 가입하게 되었다. 고기보다는 야채를 챙겨 먹는 데 신경을 썼다. 바쁘고 신경 쓰기가 귀찮을 때는 시판되는 생식으로 하루 섭취 야채 분량을 채우기도 했다. 몇 년 전 현직 의사 선생님이 쓴 건강 칼럼을 보니, 오십이 넘어가면 비타민과 필수 미네랄 섭취를 위한 영양제, 오메가3, 유산균을 매일 꼭 챙겨 먹을 것을 권고했다. 그래서 아침에 눈 뜨자마자 이것들을 한입에 쓸어 담고 물을 마시는 것이 습관이 되었다.

그리고 견과류를 꼭 챙겨 먹는다. 이번에 변을 못 보는 고통을 겪은 후로는 물도 하루에 3리터 이상 마셔야 함을 알게 되었다. 화장실을 자주 가는 사람은 4리터 이상의 물을 마셔야 한다고 의사 선생님은 신신당부를 하셨다. 허걱! 이렇게 많은 물을 어떻게 마시지? 그래서 생각해낸 것이 아침, 점심, 저녁에 물을 1리터씩 마시는 것이었다. 쉬운 것 같지만 정신을 바짝 차려서 챙겨 마시지 않으면 놓치기 쉽다.

나무토막처럼 쓰러져 자게 하소서!

어렸을 적 벽에 걸려있던 나무 액자에는 볼이 통통하고 머리가 뽀글뽀글한 귀여운 아이가 무릎을 꿇고 두 손을 모아 기도하고 있었다. 그리고 이런 글귀가 적혀 있었다.

'나무토막처럼 쓰러져 자게 하소서!'

그 당시에는 '왜 다른 것을 빌지 않고 하필 이런 걸 기도하지?'라고 의문을 품었지만 지금은 이해할 수 있다. 나무토막처럼 쓰러져 자는 것이 얼마나 복된 것임을. 오십이 넘어가면 슬슬 시작되는 갱년기로 온몸이 쑤시고 아프면서 밤에는 잠도 잘 안 온다. 이럴 때는 무조건 몸을 놀려 산책하고 청소하고 집안일을 했다. 밤에 나무토막처럼 쓰러져 자기 위해서!

요즘은 밤에도 환하게 빛나는 빛 공해가 심하다. 집 안에도 냉장고에서 나오는 불빛, 알람시계에서 나오는 불빛 등으로 불을 꺼도 방이 환하다. 이렇게 밤에 장시간 빛에 노출되다 보면 이것도 암의 원인으로 작용한다고 한다. 암막커튼으로 외부에서 들어오는 빛을 차단하고 필요 없는 전자제품의 전원을 꺼서 어둡게 하는 것이 중요하다. 잘 생각해보면 항상 자연의 섭리를 거스를 때 병이 찾아온다. 밤은 어두워야 하고 밤에는 잠을 자야 한다. 단순하지만 현대인들이 놓치기 쉬운 평범한 진리다.

40대 후배는 나에게 이렇게 말했다.

"지금 생각해보면 출세고 뭐고 다 필요 없는 것 같아요! 건강이 제일 중요해요!"

그도 젊었을 때는 출세를 위해 여기저기 기웃거려 봤지만 지금은 다 부질없는 일이라고 생각된단다. 친구들이 아직 젊은 나이에 유명을 달리하는 것을 보니 겁이 난단다. 맞다! 건강을 잃으면 다 부질없는 일이 된다. 건강은 잘 먹고, 잘 싸고, 잘 자는 것에서부터 시작된다. 이것이 안녕(安寧)의 시작임을 절실히 느꼈다. 한번 훼손된 건강은 회복하기가 참 어렵다. 소중한 내 몸을 열심히 보살피고 잘 챙기자!

나를 위로하는 방법

"엄마는 단것을 너무 좋아해!"

딸들이 단맛에 열광하는 나를 핀잔주면서 하는 말이다. 단맛이 너무 그리워 반찬을 만들기 위해 사둔 조청을 숟가락째 퍼먹다가 둘째에게 딱 걸린 일이 있다.

"조청~~ 앙~~"

딸은 그날 이후로 큰 입을 벌리고 조청을 먹는 흉내를 내면서 나를 놀려먹기를 좋아한다. 단맛을 좋아하는 게 뭐 어때서? 딸의 놀림을 무시하고 싶지만 사실 과하게 단맛을 좋아하는 것은 사실이다.

단맛이 사무치게 그리울 때가 있다. 주로 직장에서 스트레스를 받았거나 마음이 공허해지면서 헛헛해질 때 특히 단 음식이 먹고 싶어진다. 아이스크림, 쉬폰 케이크, 초콜릿, 머스터드 케이크 등등. 나의 입맛을 유혹하는 단 음식들이 넘쳐난다. 그중 유독 좋아하는 것은 고구마맛탕이다. 냉장고 서랍을 열다가 문득 잠자고 있는 고구마가 눈에 들어왔다. 별생각이 없었는데 고구마를 보는 순간 반사적으로 고구마맛탕의 영상이 눈앞에 휙 스쳐 지나갔다. 곧바로 고구마 10개를 꺼내서 깨끗이 씻은 후 먹기 좋은 크기로 잘라서 맛탕 요리를 시작했다.

맛탕 가게를 열어도 되겠다고 딸이 엄지를 치켜들 정도로 이제는 전문가의 경지에 올랐다. 적절히 배합된 조청과 시럽의 꾸덕한 액체 속에 속은 촉촉하고 겉은 바삭하게 노릇노릇 튀겨진 고구마의 환상의 조합! 고구마를 조청 시럽에 휘휘 저어 최대한 많이 찍어 먹으면서 어린 시절 고물상 아저씨에게 헌 신발과 바꿔먹던 물엿을 떠올린다. 나무젓가락에 휘휘 감겨져 있던 물엿의 맛을 떠올리며 행복감에 젖었다. 다음 날 2kg이 늘어나 버린 몸무게를 보고 가슴을 치며 후회를 했지만.

달콤한 맛은 행복 호르몬으로 불리는 '세로토닌' 분비를 증가시켜 행복감은 물론 심리적 안정감을 안겨준다고 한다. 각종 스트레스에 시달리는 현대인들은 단맛과 짠맛에 중독되기 십상이다. 단맛은 또 다른 짠맛을 원하는데 요즘 유행하는 '단짠단짠' 시리즈의 음식들이 등장한 배경이다. 각종 스트레스와 공허감으로 달달한 음식을 먹지만 입안에 전해지는 달달한 행복감은 찰나의 순간일 뿐이라는 것이 문제다. 조금만 지나면 속이 더부룩하고 거북해지면서 불쾌해진다. 또 단맛의 달콤한 유혹을 뿌리치지 못한 나 자신을 자책하게 된다. 다음 날은 늘어난 몸무게로 더 혹독한 다이어트에 돌입해야 하는 또 다른 스트레스에 시달리게 된다. 달콤한 행복은 순간이지만 쓰디쓴 후회는 늘어난 몸무게와 올라간 혈당 수치로 오래도록 나를 괴롭힌다.

《기분이 태도가 되지 않게》를 쓴 레몬심리 작가는 우리는 진짜 배고픔과 가짜 배고픔을 혼동하는 경우가 많다고 지적한다. 가짜 배고픔은 감정적인 허기를 몸의 허기로 착각하기 때문에 생긴다. 이때 음식은 정서적 허기를 채워주는 도구로 전락하고 만다. 음식은 더 이상 배고픔의 생리적 욕구를 해결하는 수단이 아니다. 작가는 사람들이 자라면서 상실감이 몰려올 때, 다른 사람의 공감과 위로를 받은 적이 없을 때 자신의 정서적 허기를 채워주고 달래는 방법을 모르는 것이 당연하다고 한다. 그래서 가장 쉽고 원초적인 방법인 음식으로 나의 감정적인 허기를 달래는 것이라고 주장한다.

울분과 우울을 달래기 위해 시작한 담배나 술이 중독의 사슬로 나의 몸과 마음을 피폐하게 만드는 것처럼 음식으로 나의 부정적인 감정을 해소하는 것에는 분명 한계가 있다. 우울해서 폭식을 했지만 통제력을 잃은 것을 후회하게 된다. 더 나아가 나약하고 자제력 없는 자신을 자책하면서 또다시 우울해지는 악순환의 고리를 맴돌게 된다. 한 냄비 가득한 고구마맛탕을 다 해치워 버리고는 더부룩한 속과 자책으로 금방 후회를 하는 나처럼 말이다.

나를 위로하는 방법을 배우지 못했다

엄마가 돌아가셨을 때도 타인에게서 제대로 된 위로를 받아본 적이 없다. 암에 걸려서 수술을 두 번이나 했을 때도 마찬가지이다. 사실 우리 세대의 사람들은 표현에 서툴다. 마음에는 온기가 가득하지만 그것을 어떻게 표현해야 할지 아득하기만 하다. 특히나 경상도에 연고지를 둔 나와 가족들은 따뜻한 위로의 낯간지러운 표현에 취약하다. 나는 힘들고 지칠 때 스스로 위로하는 방법을 잘 알지 못한다. 그래서 유달리 단 음식에 집착하는 것인지도 모른다.

최근에 나 자신을 위로하는 방법을 하나 발견했다. 바로 글쓰기다. 은유 작가는 《글쓰기의 최전선》에서 '작가는 가슴에 구멍이 난 사람이다. 그 구멍을 언어로 메운다.'라고 했다. 가정 폭력이나 부모의 불화, 경제적 곤란 등 고통스러운 삶의 기억을 가진 이들이 문학을 선택하는 경우가 많다고 한다. 무수한 유명 작가들 또한 자신의 고통스러웠던 과거를 문학으로 승화시킨 경우가 많다.

"엄마는 글 쓰면서 힐링하는 거야!"

속 깊은 딸이 브런치에 매일 글을 올리는 나에게 하는 말이다. 글을 쓰면서 내 속에 응어리져 있던 감정의 실타래를 하나씩 풀어나갔다. 직장생활을 하면서 세 딸을 키우며 딸들을 살뜰히 보살피지 못한 마음을 편지로 쓸 때는 뜨거운 눈물이 울컥 쏟아졌다. 내가 블로그에 올린 글을 우연히 본 독자가 자신도 세 아이를 키우는데 내 글을 보고 눈물을 흘렸다는 답글을 보고는 묘한 느낌이 들었다. 내 글이 나와 닮은 영혼에게 가서 또 다른 위로를 전하는 것을 목격한 것이다.

나를 위로하는 방법 중 하나로 내가 선택한 것은 글쓰기이지만 각자에게 맞는 수많은 방법이 있을 것이다. 누군가는 악기 연주로, 또 다른 누군가는 반려동물이나 반려식물을 키우는 것으로, 혹은 맛있는 음식을 요리하는 것으로 힐링할 수 있다. 안 그래도 삶이 팍팍한데 코로나가 덮치고 거기다 예상치 못한 이웃 나라의 전쟁으로 식료품을 비롯한 모든 물가가 치솟고 있다. 어딜 가든 스트레스가 넘쳐난다. 상처받은 나를 위로하는 방법 한 가지 정도는 가지고 있어야 버텨나갈 것 같다. 이 험난한 세상을! 그런데 또 맛탕의 달달함이 자꾸 당긴다.

딸 셋을 낳은 이유?

내가 딸만 셋을 낳았다고 말하면 반응은 크게 두 가지로 나뉜다. 첫 번째 반응은 "정말 애국자시네요, 하하하!" 출산율이 세계 최하위인 대한민국에서 애를 하나도 아닌 둘도 아닌 셋이나 낳았으니 말이다. 요즘 트렌드인 비혼, 딩크족과 역행하는 세둥맘인 나를 겉으로는 추켜세우는 듯하나 속으로는 비아냥거리는 뉘앙스가 있다. 그래서 이럴 땐 그냥 아무런 대답을 하지 않는 편이다. 아니면 그냥 썩소(썩은 미소)를 한 번 날려준다.

두 번째 반응은 대체로 "너무 좋으시겠어요! 우와 부럽다! 딸이 셋이나 있으니 얼마나 좋아요! 요즘은 딸이 최고예요!"이다. 주로 나와 동년배인 여성들의 반응이다. 속으로 '그렇지? 비행기 타다 멀미 나겠지?' 생각하며 맞장구를 친다.

'딸 둘을 낳으면 금메달, 아들은 목메달'이라는 우스갯소리도 있다.

그만큼 요즘에는 아들보다는 딸을 더 선호하는 분위기이다. 그래서 왕창 딸을 셋이나 낳은 나를 부러워하는 시선을 종종 받는데, 이럴 땐 어깨를 으쓱하면서 이가 드러나도록 씩 한 번 밝은 미소를 지어준다.

내가 딸을 셋이나 낳으리라고는 상상도 하지 못했다. 큰애를 낳고 얼마 안 돼서 "또 하나 더 낳아야지!" 하시는 시어머니의 말씀을 듣고 "어머니, 환경오염으로 인류가 점점 살기 힘들어지는데 태어날 아이가 얼마나 힘들게 살아갈지를 생각하셔야죠."라고 응수했었다. 그렇게 애를 안 낳겠다던 내가 덜컥 딸을 셋이나 낳았다. 나와 남동생의 성별과 태어날 달까지를 계획해서 낳고 기르셨던 친정아버지와 비교하면 나는 너무 무계획적이다. 첫째와 둘째는 네 살 차이이고, 둘째와 막내는 여섯 살 차이가 난다. 딸들의 생일도 한여름, 한겨울, 가을 다 제각각이다. 자연의 이치에 순응했다고 하면 핑곗거리가 될까?

내가 왜 딸을 셋이나 낳게 되었는지 곰곰이 생각할 때마다 가장 먼저 떠오르는 것은 한풀이다. '둘만 낳아 잘 기르자!'라는 구호와 국가의 인구정책을 철저히 지킨 부모님 덕분에 나는 일남일녀의 장녀로 태어났다. 소위 외동딸이다. 어릴 때부터 언니 있는 친구들이 무척이나 부러웠다. 지금도 나의 죽마고우는 다섯 자매가 한 달에 얼마씩 회비를 내어 경쟁하듯 친정 부모님께 효도하며 재미있게 산다. 나의 이런 부러움과 외로운 마음이 하늘에 닿았나? '그래, 네가 외롭게 자란 한풀이를 네

자식 대에서 맘껏 해소해라!'라는 하늘의 뜻인지 딸을 셋이나 낳게 되었다. 지금은 티격태격 매일 싸우지만 나중에는 내 친구네처럼 세 딸이 서로 재미있게 살겠지?

또 한번은 이런 생각도 들었다.

'엄마로서 직장인으로서 한국에서 여자로 산다는 게 참으로 힘든데 왜 딸만 셋을 낳게 되었지?'

'죄 많은 자가 여자로 태어난다'라는 말도 있다. 여자로 태어났기에 출산과 육아의 고통을 다 짊어졌다. 승진해보겠다고 울면서 발버둥 치는 돌쟁이 막내를 떼어놓고 공부를 하러 다녔다. "여자가 승진하려면 남자보다 10배는 더 노력해야 된다"라는 선배의 말이 딱 맞았다. 가정과 승진 두 마리 토끼를 한꺼번에 잡느라 가장 중요한 건강도 잃었다. 여자인 내가 이렇게 살기 힘들었는데 내리 딸을 셋이나 낳은 것이다. 왜일까? 이것은 하늘의 무슨 심오한 뜻이 있었던 걸까?

또 다른 한풀이

법정 스님의 수필집에서 읽었던 한 구절이 생각난다.

'50년 전 한 늙은 인디언이 말했다. 여자들이 이 세상을 구원하는 역할을 해야 한다고. 남자들이 이 세상에 어질러 놓은 것을 정리하고 치울 사람은 여자들뿐이라고 그 노인은 말했다.'

여자들의 모성애가 세상을 구원한다는 것이다. 부처님도 예수님도 모하메드도 모두 남자인데 결국은 여자에게 구원의 열쇠가 있었다는 아이러니! 와타나베 준이치는 모든 인류는 여성에게 빚을 지고 있다고 했다. 인류를 지속시키기 위해 창조주가 생각해낸 것은 임신과 출산이라는 힘겨운 일을 맡은 여성을 강하고 다부지게 만드는 것이었다고 한다. 인류는 여성의 강인함을 바탕으로 탄생하고 이어졌다는 사실!

그러나 불과 100년 전만 해도 여성들은 선거권도 참정권도 없었다. 여자들이 바지를 입게 된 것도 긴 인류 역사에 비하면 최근의 일이다. 내가 딸을 셋이나 낳게 된 것도 또 다른 한풀이가 아니었을까? 긴 역사 동안 임신과 출산의 고통을 감내하면서 자기주장의 큰 목소리 한 번 내본 일 없이 내조와 육아를 미덕으로 알고 온 우리네 어머니와 할머니들의 한풀이! 창조주가 주신 강인함을 바탕으로 남자들이 어질러 놓은 것을 정리하는 딸들을 마음껏 키워보라는 뜻! 하나도 둘도 아닌 셋씩이나!

요즘은 여혐(여성 혐오)과 남혐(남성 혐오)이 사회 문제로 대두될 정도로 심각해지고 있다. 얼마 전 치른 선거에서도 이 문제가 대두되어 시끄러웠다. 남자와 여자는 원래 함께 도우면서 살게끔 조물주가 만들었다. 그러나 어찌 된 일인지 남자와 여자가 서로를 미워하며 편을 갈라 으르렁거리며 싸우게 되었다. 딸만 셋을 가진 엄마인 나는 누구 편도 들지 않을 것이다. 여자도 남자도 모두 내 아들이요 딸 같은 소중한 존재이다. 모성애로 이 모든 것을 품을 수 있게 딸들을 키워내고 싶다. 세 딸아! 사랑한다~

말은 마음의 알갱이

회식을 마치고 운전하는 중이었다. 옆 차선의 트럭이 잠깐 내 차 옆에 서더니 운전자가 손가락으로 내 차의 어딘가를 가리켰다. 순간 재빨리 옆 창문을 내렸는데 트럭은 슝 하고 가버린 후였다. 어디가 잘못된 것일까? 타이어가 펑크가 났나? 순간 많은 생각들이 섬광처럼 머리를 스쳐 지나갔다. 차를 세우고 이리저리 살펴보니 사이드미러가 접혀있었다. 얼른 사이드미러를 폈다. 식당에서 대리 주차를 하면서 긁힘 방지를 위해 접어놓았던 것 같은데 운전하면서 이토록 무신경이었다니! 아무튼 말 한마디 오가지 않은 대화였지만 트럭 운전자에게 고마웠고 나에게는 요긴하고 감사한 대화였다.

아침에 교문 앞에서 학생들 아침맞이를 하면서 바로 맞은편에 있는 중학교 학생들의 대화를 의도치 않게 엿듣게 되었다. 두런두런 일상적인 대화를 하다가 끝에 "××!" 하면서 욕으로 대화를 마무리 지었다. 서로 싸우는 것도 아니었고 그냥 밥은 언제 먹고 잠은 언제 자고 하는 일상적인 대화였다. 그러나 마무리는 욕이었다. 나쁜 의도는 아니었고 그냥 무심결에 자연스럽게 욕이 나오는 것 같았다. 이미 욕이 언어 습관으로 굳어버린 것이다. 욕설을 해야만 있어 보이고 힘이 세 보이기라도 하는 듯 경쟁적으로 쓰는 듯했다. 안타까웠다.

우주는 우리가 한 말을 기억하고 있다!

《법구경》에는 '거친 말을 쓰지 말라. 그것은 반드시 너에게 되돌아온다.'라는 글이 나온다. 이것이 사실임을 체감한 적이 있다. 10여 년 전 교육계에도 진보의 물결이 들어와 혁신교육을 외치던 때였다. 학교에서 아이들만 몇십 년을 가르치던 나와 같은 교사들은 생각이 없는 도태된 부류로 치부되던 시기였다.

그 당시 소위 생각과 행동이 앞서가서 혁신의 주류를 이루었던 진보세력들과 시대에 뒤떨어진 개혁의 대상 교사였던 내가 함께 근무했다. 서로 다른 생각들은 의견차를 내보였고 생각이 같은 사람끼리 그룹을 형성했다. 그러고는 서로 생각이 다른 사람들을 비방하기 일쑤였다. 마음에는 온통 화와 분노가 가득 차 있었던 시기였다. 그래서 온통 날이 뾰족한 말들을 주고받았다. 그 후 쫓겨나오듯 직장을 옮기고는 암이라는 큰 병이 내 몸에서 자라고 있는 것을 발견했다. 기나긴 항암 치료를 하면서 《법구경》에서 읽은 말이 자꾸만 생각났다. 내가 내뱉은 말은 다시 나에게 비수가 되어 돌아온다는 그 말!

그래서 간혹 세 딸이나 딸 같은 학생들이 무심코 험한 말을 할 때는 가슴 한편이 쿵 하고 내려앉는다. 내가 내뱉은 말들의 쓰나미를 어떻게 감당할까? 마음이 아프다. 강원국 작가는 말을 늘려서 발음하면 '마알'이 되는데, 마알은 마음의 알갱이란 뜻이라고 했다. 말은 곧 자기 생각과 마음이다. 말이 바뀌면 생각과 마음이 바뀌고, 인생이 바뀐다. 모든 것이 말한 대로 된다. 우리가 살고 있는 우주는 알고 있다. 우리가 어떤 말을 하고 살아가는지. 그리고 그 말들은 나에게 다시 돌아온다는 무서운 사실!

말은 힘이 세다!

우리 속담에 '말이 씨가 된다'라는 말이 있다. 내가 긍정의 말을 할 때 내 삶도 긍정적으로 변한다는 연구 결과도 있다. 강원국 작가는 《어른답게 말합니다》에서 긍정적인 말의 효과를 예로 들어 설명했다.

1932년 미국에서 180명의 젊은 여성이 수녀로 첫발을 내디디면서 자기를 소개하는 글을 썼다. 그리고 70년이 지나 그 글에 긍정적인 말이 얼마나 있는지 분석했다. '매우 행복하다', '정말 기쁘다'와 같이 긍정적인 말을 많이 썼던 수녀의 경우 90% 이상이 살아있는 데 반해, 긍정적인 말을 적게 썼던 수녀의 경우 34%만 살아있었다고 한다. 긍정적인 말과 생각은 건강에도 영향을 미쳐 수명을 연장하는 결과를 낳은 것이다. 무병장수의 명약보다도 긍정적인 말 한마디가 나의 건강에 더 이롭다!

꿈을 이루려면 자신이 간절히 원하는 것을 문장으로 적고 매일 읽으라고 한다. 실제로 그렇게 했을 때 꿈을 이룬 사람들의 사례를 책에서 종종 읽을 수 있다. 이 사실을 흥미로운 내용이라고만 생각하고 대충 넘겨버렸다. 요즘 명상을 하면서 '확언명상'을 접하게 되었다. 일종의 자기암시인데, '오늘은 행복할 것이다', '내 꿈을 이룰 것이다'라는 말을 듣고 따라 한다. 확언명상을 하는 날은 마음이 평안하고 안정되면서 뭔가 좋은 일이 생길 것 같은 행복한 기분으로 하루를 시작하게 된다.

내가 어렸을 적에 어른들은 누군가가 늦게 집에 들어오거나 소식이 없을 때는 걱정이 되더라도 "사고라도 났나?"와 같은 부정적인 말을 입에 담지 못하게 하셨다. 말이 씨가 된다는 것이다. 내가 어떤 말을 내뱉느냐에 따라 나의 삶은 행복해질 수도 있고 불행해질 수도 있다. 요즘은 말을 하는 게 점점 겁이 난다. 그래서 될 수 있는 한 말을 줄이고 이왕 하는 말은 "감사합니다." "괜찮습니다." "좋습니다." 이런 긍정적인 말들만 하려고 노력 중이다. 젊고 어렸을 적에는 세상 무서운 줄 모르고 아무 말이나 막 했었다. 이제 점점 나이가 들어가면서 나의 말을 우주가 기억하고 있다는 사실을 알게 되자 점점 할 말이 없어진다. 점점 말하기가 무서워진다. 입에 거미줄이 쳐진다.

3장

다정한 나로 살기

결혼과 육아는 옵션?

“엄마, 요즘 사람들이 왜 결혼을 안 하는지 알아?”

결혼을 생각하기에는 아직 어린 막내딸이 중요한 사실을 알아낸 듯 뿌듯한 표정으로 상기되어 말을 걸어온다.

“…….”

“생각을 하니까 결혼을 안 하는 거래. 옛날에 엄마 시대에는 결혼은 무조건 하는 건 줄 알고 생각 없이 그냥 결혼한 거고.”

“!”

“그리고 생각을 하니까 애도 안 낳는 거래. 옛날에는 무조건 애를 낳아야 한다고 하니까 아무 생각 없이 애를 낳은 거고.”

“!!”

유명 인강 사이트 스타강사의 강의에 푹 빠져 하루에도 몇 시간 동안

강의를 듣는, 이제 막 고등학교 진학을 앞둔 막내딸의 명쾌한 세태 진단법에 나는 잠시 할 말을 잊었다. 결혼해서 애를 하나도 둘도 아닌 셋이나 낳은 내가 생각 없이 사는 사람으로 전락하는 순간이었다. 딸에게 뭐라고 답해야 좋을지 정말 생각이 없어졌다. 반면에 막내딸은 내가 대답도 못 하고 멍청하게 바라보고 있는 모습이 재미있다는 듯이 그 스타강사의 궤변(?)을 쉼 없이 나에게 조잘대며 전해준다. 그러나 갑자기 생각이 없어진 나는 막내가 하는 말이 하나도 귀에 들어오지 않았다. '내가 왜 결혼해서 애를 셋이나 낳았지?' 이 생각만 자꾸 머릿속에 맴돌았다.

그러고 보니 그 스타강사의 말이 맞는 것도 같다. 부모님을 비롯해 주위 친척들은 한 해가 갈 때마다 노처녀가 될 것 같은 나를 두고 이러쿵저러쿵 말이 많았다.

"언제 시집갈 거야? 사귀는 사람은 있냐?"

그러는 사이 주위의 친한 친구들은 하나둘씩 서둘러 결혼을 해버렸다. 이러다 정말 나만 혼자 노처녀로 남는 것은 아닌지 불안하기도 했다. 왠지 결혼을 안 하면 하자가 있는 인간인 것 같았고 남들에게 뒤처지는 것 같기도 했다. 그래서 정말 왜 결혼해야 하는지에 대한 충분한 고찰도 없이, 내가 정말 결혼하고 싶은가에 대한 깊은 성찰도 없이 때가 되어서 서른이 되기 전에 서둘러 결혼을 해치운 게 사실이다. 막내딸이 정곡을 찌른 셈이다. 결혼 전에 정말 아무 생각이 없었다.

기성세대에게 결혼은 과제, 요즘 세대에게 결혼은 선택

'과거와 다르게 많은 청년들이 다양한 선택을 하는 이유는, 사회가 정해놓은 일정한 인생의 틀을 그대로 따라가느냐 그러지 않느냐의 차이일 것이다. 대학 졸업, 취업, 결혼, 출산, 육아가 기성세대에게는 '클리어(완수)'해야 하는 하나의 '미션(과제)'으로 여겨졌다면, 요즘의 청년들에게는 하나의 '옵션(선택)'일 뿐이다.'[1]

엘리트 여성인데도 불구하고 도배사라는 직업을 선택하여 《청년 도배사 이야기》라는 책까지 저술한 배윤슬이라는 당찬 젊은이의 촌철살인 글귀에 뒤통수를 한 대 얻어맞은 기분이었다. 오십 중반 기성세대인 나는 사회가 정해놓은 일정한 인생 틀을 쫓아가기에 바빴다. 막내딸의 지적대로 아무 생각이 없었다. 그냥 남들이 다 그렇게 하니까, 부모님을 비롯한 주위 어른들이 그렇게 하라고 하니까 그것이 옳은 길인 줄 알고 무작정 따랐다. 결혼하고 아이를 셋이나 낳으면서 결혼과 육아의 당위성에 대해 한 번도 깊이 생각해본 적이 없었다. 그냥 남들이 다 하니까! 적당히 튀지 않는 선에서 나의 인생을 사회와 타협하며 살아왔다. 생각이 없었을 뿐만 아니라 사회의 불문율에 맞설 용기와 배짱도 없었다.

그러나 요즘 젊은이들은 나와는 전혀 다르다. 주위의 시선에 신경 쓰

1 동아일보 2030세상/배윤슬 칼럼, 요즘 청년들의 직업 선택기준, 2022.2.8.

지 않고, 모든 선택의 기준도 부모님과 사회의 통념이 아닌 바로 자기 자신이다. 결혼적령기는 정해진 게 아니므로 내가 하고 싶을 때, 결혼하고 싶은 사람이 생겼을 때 한다. 우리 때는 결혼하면 출산과 육아가 당연한 수순이었는데 요즘에는 아이를 낳지 않는 딩크족[2]들을 흔하게 볼 수 있다. 이러한 선택의 중심에는 바로 나라는 확고한 자아가 버티고 있다. 다르게 생각하면 결혼과 출산 및 육아의 여건이 되지 않아서 오포족[3]이 생기는 요즘 사회와 경제의 팍팍한 현실도 원인일 수는 있다. 그러나 요즘 젊은이들이 남의 눈치를 보지 않을 만큼 자아가 확고해지고 소위 생각을 하고 사는 것은 맞는 것 같다.

아무 생각 없이 남이 시키는 대로 사는 것이 편한 것은 사실이다. 그러면 문제를 일으킬 일도 없고 비난받을 일도 없다. 그러나 아무 생각 없이 사회의 주어진 틀과 통념대로 살다 보면 나처럼 중년에 회한과 허무한 감정이 몰려온다.

'결혼하지 않고 살았으면 어땠을까? 아이를 낳지 않고 살았으면 더 성공할 수 있었을까?'

내면의 소리에 귀 기울이지 않고 사회의 통념에 몸을 맡긴 채 물 흐르는 대로 살아온 사람이기에 후회가 밀려오지만, 다 지나간 일인데 후회

2 Double Income No Kids(수입은 두 배, 아이는 없다)의 머리글자를 따서 만든 말로, 아이를 갖지 않는 맞벌이 부부를 이르는 말이다.

3 취업, 연애, 결혼, 출산, 내 집 마련 포기를 이르는 말이다.

를 한들 무슨 소용이 있겠는가.

우리 집 세 딸에게는 남들이 다 한다고 무작정 따라 하지는 말라고, 나만의 확고한 기준과 나만의 인생 행로를 정하라고, 가끔은 넘어지고 힘들더라도 스스로 선택한 길로 가보라고 말해주고 싶다. 내가 정말 원하는 것이 무엇인지 밤을 새워 고민해보고, 어떤 것이 나를 위한 올바른 선택인지 생각해보고, 잘 모르겠으면 인생 선배 혹은 책에서 조언을 구해보라고 권하고 싶다. 그렇게 신중하게 내린 선택이 결혼이든 비혼이든 출산이든 딩크족이든 엄마로서 무조건 응원해주고 싶다. 왜냐하면 충분히 생각하고 내린 결론이니까!

관계에도 유통기한이 있다

한 배에서 나왔는데도 세 딸은 다 제각각이다. 달라도 너무 다르다. 첫째와 둘째는 친구가 너무 많고 막내는 친구가 없다. 첫째와 둘째는 어렸을 때 하루가 멀다 하고 친구를 집으로 데리고 와서 놀았다. 어떤 때에는 친구의 동생까지 데리고 와서 우리 집인지 어린이집인지 헷갈릴 때도 있었다. 아직 어려서 그런지 내 집, 남의 집 가리지 않고 신나게 구김살 없이 밝게 노는 모습이 귀엽기도 했다. 그런데 막내의 경우는 어릴 때 놀이터에서 싸웠는지 "너 마음만 있고 내 마음은 없냐?" 하며 톡 쏘고 가버리는 친구의 뒷모습을 째려보던 모습만 떠오른다.

첫째와 둘째의 말에 의하면 내가 너무 늦둥이인 막내를 예뻐하고 칭찬 MSG를 듬뿍 뿌려주며 키워서 이런 사달이 났다고 한다. 그래서 막내가 자기중심적이고 배려심도 없고 그런 결과로 친구가 없는 거라고 논리를 편다. 그러나 막내는 친구가 없다고 걱정을 안 한다. 막내는 엄마의 극진한 사랑을 받고 자라서인지 자존감이 하늘을 찌르고, 비열하게 주위의 눈치를 보지 않으며, 어떤 행동이든 당당하게 한다. 코로나 팬데믹으로 원격수업을 2년 동안 받아서인지 친구가 없어도 외로워하지 않고 혼자 잘 논다.

나를 닮은 영혼 찾기

내가 막내의 친구 없음을 별로 걱정하지 않는 이유는 친구는 곧 생긴다고 믿기 때문이다. 그리고 친구가 꼭 동년배일 필요도 없다고 생각한다. 막내는 또래보다는 학원 선생님이나 학교 선생님들과 친하다. 마음이 맞는다면 몇 살 혹은 몇십 년 나이 차이가 나도 친구가 못 될 것도 없다.

곽아람 작가는 팔십이 넘은 고령의 작가와 자신이 친구였음을 그녀가 저세상으로 간 후 깨달았다고 한다. 자신이 어렸을 때부터 동경해왔던 고령의 작가와 자신이 동류(Kindred Spirits)였다는 사실이 몇십 년의 나이 차를 훌쩍 뛰어넘어 친구로 지낼 수 있었던 이유였다고 고백한다.

은유 작가는 《글쓰기의 최전선》에서 글쓰기는 나와 닮은 영혼에 말을 걸고 위로를 건네는 일이라고 했다. 친구를 사귀는 것도 이와 비슷하지 않을까? 나와 닮은 영혼 즉 나와 관심사와 목표가 비슷한 사람을 찾아가는 과정이라고 생각한다. 나와 좋아하는 것이 같고, 나와 비슷한 취미를 가지고 있고, 그래서 자연스럽게 대화가 통하는 그런 사이. 함께 있으면 지루하지 않고 쉴 새 없이 이야기가 흘러나오고 시간 가는 줄 모르게 재미있는 그런 사이. 나를 닮은 영혼을 찾는 데 굳이 나이를 따질 필요가 없지 않을까?

나도 열 살 정도 많은 선배를 만날 때 가장 편하고 행복하다. 이상하게도 그 선배와 같이 있을 때는 나의 속내를 술술 이야기하게 된다. 그러면 선배도 내 이야기에 공감하면서 자신의 속내를 있는 그대로 드러낸다. 그럴 때마다 나 혼자 끙끙거렸던 일에 든든한 동지가 생긴 기분이 들면서 저절로 입가에 미소가 지어진다.

얼마 전에는 승진 시험에 내가 도전장을 내민 사실을 뒤늦게 알고는 그 선배가 먼저 연락을 해왔다. 그러고는 남들이 이야기해주지 않았던 나의 반짝이는 점들을 모조리 찾아내어 귀띔해주었다. 그러면서 꼭 잘될 거라는 응원도 잊지 않았다. 선배가 해준 응원의 말을 듣고 울컥해서 눈물이 나올 것만 같았다. 너무 감사하고 힘이 났다. 승진 시험에 합격했다는 통보를 받자마자 가장 먼저 선배에게 전화를 걸었더니 밝은 목소리로 축하를 해주고 인생 선배로서 살뜰한 조언도 아끼지 않았다. 선배는 나의 훌륭한 소울메이트다. 나와 닮은 영혼을 찾은 것이다!

반면에 중학교 때부터 사귀어왔던 베스트프렌드와는 요즘 점점 멀어지고 있다. 대학교를 졸업하자마자 곧바로 결혼해서 전업주부로 사는 그 친구와 커리어우먼인 나는 만나면 점점 할 말이 없어졌다.

빨강 머리 앤과 다이애나는 없다

정신분석 전문의 성유미 작가는《이제껏 너를 친구라고 생각했는데》에서 '오래 만나왔다고, 많은 것을 공유해왔다고 해서 모두 친구는 아니다. 서로 존중하고 있는 그대로 바라볼 때 진정한 관계가 될 수 있다.'라고 했다. 내가 만나는 모든 관계를 끌어안을 수는 없다. 좋은 관계는 계속 이어가고, 나를 아프게 하고 주저앉게 하고 자존감을 떨어뜨리는 관계는 접는 것이 맞다. 새로운 관계를 만들기 위해서 오래되고 묵은 관계를 정리하고 비워내는 것이 필요하다.[1]

내가 좋아하는 이찬원의 〈시절 인연〉 가사에도 비슷한 구절이 나온다.

'사람이 떠나간다고 그대여 울지 마세요. 오고 감 때가 있으니 미련일랑 두지 마세요. … 가는 인연 잡지를 말고 오는 인연 막지 마세요. 때가 되면 찾아올 거야. 새로운 시절 인연. 친구가 멀어진다고 그대여 울지 마세요.'

친구 사이에도 유통기한이 있다. 유통기한이 다한 껍질뿐인 인연을 붙들고 있다 보면 서로 상처만 줄 뿐이다. 인연이 다한 관계는 보내주고 그 빈자리는 새로운 인연으로 채우면 된다. 빨강 머리 앤과 다이애나는 현실에서 만나기 어렵기에 더욱 애절하다.

1 성유미,《이제껏 너를 친구라고 생각했는데》, 인플루엔셜, 2019.

나와 대화가 통하고 마음이 맞는다면 나이는 정말 숫자에 불과하다. 나와 닮은 동류, 나와 닮은 영혼을 가진 사람은 서로를 알아본다. 나를 닮은 영혼을 찾기 위해서는 가만히 있지 말고 나의 영혼의 안테나를 위로 올려야 한다. 나를 닮은 영혼이 편하게 말을 걸어올 수 있게 깨어있어야 하고 그 사람이 보내는 신호를 느껴야 한다. 그러기 전에 우선 나의 영혼을 반짝이는 것들로 꽉꽉 채워야 하지 않을까? 그래서 멀리서도 빛이 나게 해야 하지 않을까? 무엇으로 영혼을 채우냐고? 딸아, 그 답은 바로 너 안에 있다.

선택과 집중

나는 어려서부터 뇌를 쓸 때 선택과 집중의 방법을 사용해왔다. 내가 몰라도 되는 사실에는 철저하게 무관심하여 외면해버렸다. 반면에 내가 꼭 알아야 할 사실은 명확하게 기억하기 위해 노력했다. 이런 나를 두고 혹자는 새침데기라고도 하고 개인주의자라고도 한다.

붉은 악마의 물결이 대한민국을 뒤덮은 2002년에도 나는 축구에 관해 별 관심이 없었다. 월드컵을 관전하지 않으면 매국노(?)처럼 보이는 그 시절에도 말이다. 이런 내가 남편은 참으로 이상했나 보다.

"너는 왜 월드컵 안 보냐? 정말 이상하네!"

"월드컵이랑 나랑 무슨 상관인데? 축구에서 어느 팀이 이긴다고 나에게 무슨 이익이 돌아오는데?"

나의 매몰찬 대답을 듣고 남편은 할 말을 잊었다. 그러고는 나에게 두 손 두 발 다 들었다는 표정을 지었다.

중·고등학교 학창 시절에 친구들이 좋아하는 연예인의 사진으로 학용품을 도배하고 다닐 때도 나는 좋아하는 연예인이 없었다. 이런 나를 친구들은 이상하게 보는 듯했다.

"너는 어떻게 좋아하는 연예인이 하나도 없냐?"

사람은 잘 바뀌지 않나 보다. 지금도 나는 이러한 성향을 가지고 있어서 사람의 이름과 얼굴을 잘 기억하지 못한다. 아마도 내가 꼭 기억해야 할 필요성이 있었다면 어떡해서라도 기억했을 것이다. 그러나 그럴 만한 필요성을 느끼지 못해서 무의식적으로 기억하지 못하는 것이 아닐까?

지금도 타인의 일에 별로 관심이 없다. 모임에서 자연스럽게 나오는 다른 사람들에 대한 소문에 언제나 나는 깜깜이이고 뒷북을 치기 일쑤다.

"그런 일이 있었어?"

"너는 어떻게 그것도 모르고 있었냐?"

이렇게 핀잔을 듣곤 하지만 내 일에 신경 쓰고 사는 것만도 나에게는 너무 버겁고 힘들다.

'이 정도면 한 분야에 마니아나 덕후 정도는 되어야 하는 것이 아닌가?'라고 의문을 제기하고 싶은 사람도 있을 것이다. 그러나 나는 어느 한 분야에 잘 빠져들지 못한다. 모든 것에 평균 정도의 상식과 지식을 가지고 있을 뿐이다. 그런데도 '다재다능하다', '못하는 게 없다'라는 말을 간혹 듣기도 한다. 그러나 '열 재주 있는 사람이 밥 굶는다'고 어느 한 가지 뚜렷하게 내세울 것이 없다.

앞으로도 나는 계속 이렇게 살아갈 것이다. 내가 관심 없는 일에는 철저하게 무관심하게 지내면서 좋아하는 몇 가지 일에만 적당한 관심을 두고 살아갈 것이다. 나와 별로 상관없는 일과 다른 사람의 일상에 쏟는 관심과 에너지를 나의 내면을 돌보는 데 쓸 것이다. 내가 진정 원하는 일, 내가 진심으로 하고 싶은 일에만 집중할 것이다. 선택과 집중이 필요하다. 나의 내면의 탐구를 위해!

페미니즘과
여혐 사이에서

"엄마, 미스터트롯에 나오는 남자 가수들은 인기가 많은데 미스트롯에 나오는 여자 가수들은 왜 인기가 없는지 알아?"

"……."

"남자라서 그런 거야! 고추 달린 게 벼슬이야 벼슬!"

미스터트롯에서 우승한 가수의 얼굴이 크게 나온 광고 벽보를 보고 딸이 하는 말이다. 나는 속으로 딴생각을 했다.

'그 남자 가수를 좋아하는 팬들은 다 엄마 같은 아줌마, 여자야! 그만큼 여자들의 힘이 세졌다는 거지! 공연 티켓을 사고 광고하는 물건을 구매할 수 있는 경제력이 있다는 거겠지!'

화를 내는 딸에게 직접 말은 못 하고 속으로만 구시렁거렸다.

한참 임용고시 준비에 열중하는 딸은 또 이런 말도 한다.

"엄마, 면접에서 남자는 점수를 따고 들어가! 다 여자들이니까!"

나는 마음속으로 말했다. '아이고, 그건 극비인데 임고생이 알아버렸구나!'

여교사가 과반수가 된 지 이미 오래된 교직사회에서 남자라는 존재만으로도 환영받는 것을 임고생인 딸은 이미 알아버렸다.

"여자는 승진하려면 남자가 하는 노력의 여덟 배는 더 노력해야 해요!"

한때 내가 모시던 여자 교장 선생님의 말씀이다. 그나마 남녀 차별이 없어 여자들이 선호하는 교직에서조차 남자는 하이패스의 특권을 누린다. 남교사는 1급 정교사를 따기 전부터 부장교사로 지명되는 경우가 흔하다. 남자이니까 승진해야 한다는 암묵적인 권유와 압력을 받아서 젊을 때부터 학교의 굵직한 일을 맡아서 하게 된다.

반면에 여교사는 결혼과 육아로 한창 일할 나이에 휴직하게 되고 경력 단절이 생긴다. 복직 후에는 또 변화된 교육과정과 현장에 적응해야 할 시간이 필요하므로 학교의 큰일을 맡는 것을 꺼린다. 그동안 남교사는 빠르게 앞서나간다. 박사학위를 가지고 있으면 남교사는 스카우트의 대상이 되지만 여교사는 시기와 질투의 대상이 된다. 곽아람 작가는 여성 혐오가 못 배운 자들이 가지는 비뚤어진 마음이라고 생각하면 오산이라고 경고한다. 여성 혐오는 오히려 많이 배우고 높은 지위에 있는 여성과 접할 기회가 많고, 그 여성들과 밥그릇 싸움을 해야 하는 계층의 남성들에게서 더욱 두드러진다고 했다. 한편으로는 남자들은 자신보다 못한 여성들에게는 너그러워진다고 했다.

여혐에 굳세어져라!

내가 아직 새댁이었을 때 "남편에게 사랑받으려면 밥을 먹다가도 좀 흘리고 잘 걸어가다가도 넘어지고 해야 한다."고 결혼한 선배들은 진심 어린 조언을 해주었다. 남편에게 사랑받기 위해 다 큰 성인인 여자가 스스로 어린아이로 퇴행해야 하다니!

억대 연봉을 받는 작사가로 유명한 김이나는 외국인에게 도저히 설명할 수 없는 단어 중 하나로 '애교'를 들었다. 영어로 마땅히 번역할 단어가 없단다. 굳이 번역한다면 'Childish.' 흔히 남자들은 애교 많은 여자를 좋아한다고 한다. 남자들에게 사랑받기 위해 애교를 부려야 하는 슬픈 현실!

나는 남편에게 사랑받기보다는 오롯이 떳떳하고 당당한 성인 여자로 살기로 진즉에 결심했다. 사랑받기 위해 밥을 먹다가 흘리기보다는 무슨 일이든 남자보다 척척 잘해나가는 것을 선택했다. 한국의 엄마는 모두 나와 같은 선택을 했다고 본다. 그래서 영어로도 '아줌마'라는 고유어가 탄생했다. 언제나 씩씩하고, 생활력 강하고, 어떤 시련이 와도 이겨내고, 자식을 위해서라면 전쟁 같은 삶에 뛰어들어 어디서든 생존하는 불사신 같은 괴력을 가진 존재! 이들이 바로 우리의 엄마이고, 대한민국의 자랑스러운 아줌마이고, 우리 자신이다.

한 종교 집단의 여자 수장이 했던 말이 생각난다.

"지금은 한풀이의 세상이에요. 옛날에 억울하게 박대받던 여자들이 한풀이하는 세상이에요!"

감히 남자들과 같이 겸상도 하지 못했던 조선시대에 비하면 요즘은 천지가 개벽할 정도로 여성의 인권이 많이 신장하긴 했다. 그러나 철저하게 남성 중심인 사회에서 여성이 살아가기에는 아직도 뚫어야 할 유리 천장이 너무 많다. 한국에서 최고 대학을 나와도 직장에서 단지 여자라는 이유로 차별을 당하고 승진에서 밀리기도 하니 말이다.

교장 임용 대상자 연수에서 리더십을 주제로 강연하시던 교수님께서는 인상적인 말씀을 하셨다.

"오늘 보니까 여자 교장 선생님이 훨씬 많아요. 저는 여기서 우리 교육에 희망이 있다고 봅니다. 여성이 지도자가 되어야 해요!"

교수님은 본인이 남성이면서도 절대적인 남성 혐오의 시선을 가지고 계셨다. 여성 지도자가 많은 사회가 되어야 서로 협력하고 상생하는 사회가 된다는 논리였다. 남자들은 오로지 남을 밟고 일어서는 경쟁에만 익숙하고 함께 사는 법을 모른다고 하셨다. 앞으로의 미래 사회는 협력 즉 함께 더불어 살아가는 능력이 중요한 사회가 되어야 하고 그것을 잘하는 것이 바로 여성이라고 강조하셨다.

몇 년 전만 해도 웬만한 대학의 수석 입학과 졸업은 모두 여학생 차지였다. 심지어 대부분이 남자 생도인 사관학교의 수석도 여자들이 휩쓸었다. 알파걸이라는 신조어가 나온 배경이다. 유인경 작가는 알파걸이 알파우먼으로 성장하지 못하고 중간에 사라지는 이유 중 하나로 '여자들은 조직 사회의 생리를 잘 알지 못한다'는 것을 들었다. 즉 정글의 법칙을 모른다는 것이다. 어려서부터 축구와 야구 등 각종 게임을 하면서 자란 남자와 인형놀이만 하고 자란 여자는 사회에서 적응하는 태도가 다르다는 것이다.

남자들은 절대 '노'를 하지 않고 감정에 휩쓸려 다른 사람을 공적인 자리에서 폄하하지 않는 반면, 여성들은 자신의 감정에 못 이겨 공개적인 자리에서도 다른 사람을 비하하는 직언을 하고 자신의 마음에 들지 않으면 감정적으로 일처리를 한다고 했다. 어떻게 보면 조직에서 남자들이 조금 더 프로답고 여자들은 감정을 앞세운 아마추어일 수도 있다. 하지만 여자는 남자보다 훨씬 넓은 포용력을 가지고 있다. 이것이 감정적인 태도의 장점이고 다양성을 품고 함께 갈 수 있는 넓은 마음이기도 하다. 이 감정은 남자에게는 없는 모성애에서 비롯된 것이리라!

갈릴레이는 지동설을 비판하는 재판정에서 '그래도 지구는 돈다!'라는 명언을 남겼다. 아직도 넘어야 할 산이 많지만 세상은 조금씩 나은 방향으로 발전하고 있다고 믿는다. 한구석에서 움츠리고 있던 소수의 약자들이 옳은 방향을 위해서 당당하게 자신의 목소리를 낼 것이다. 정말 똑똑하고 당찬 알파걸들이 우리나라를 이끌어갈 지도자로 우뚝 서는 날이 곧 올 것이다. 여성 인권이라는 말을 굳이 외칠 필요가 없는 날이 곧 올 것이다. 왜냐고? 지금도 많은 알파걸이 몸을 사리지 않고 자기 생각을 자기만의 목소리로 주장하고 여러 가지 불합리한 제도를 고쳐 나가고 있기 때문이다. 한풀이에만 그치지 않고 깨어있으며 일어나서 행동하고 있기 때문이다. 딸들아! 목소리를 내자! 그래서 더 나은 세상을 만들자!

바지 입고 싶은 날

바지를 입고 싶은 날이 있다. 몸도 마음도 지쳐서 다 귀찮을 때 바지가 입고 싶다. 바지를 입고 다리를 내 마음대로 휘저으면서 계단도 두 칸씩 성큼성큼 올라가고 싶을 때가 있다. 뭔가 마음속이 꽉 막히고 사는 것이 지루하고 재미가 없을 때, 현실에서 도망가고 싶을 때 바지가 입고 싶다. 오늘이 바로 그런 날이다.

평상시 치마나 원피스를 자주 입는다. 자주 입는 만큼 치마나 원피스는 옷장을 열면 바로 손에 닿는 옷걸이에 얌전하게 걸려있다. 그런데 바지를 입으려고 옷장을 열어보니 한쪽 구석에 꼬깃꼬깃한 모습으로 구겨져 있다. 꺼내어보니 군데군데 주름이 잔뜩 져 있었다. 바쁜 아침 시간이지만 도저히 그냥 입고 나갈 수 없어서 다리미와 분무기를 꺼내어 바지와 어울리는 블라우스를 다려서 입고 출근했다. 세상 편하다. 저절로 갈지자로 팔자걸음을 걷게 된다. 이렇게 편한 걸 두고 왜 여름 내내 원피스와 치마만 입고 다녔는지 후회가 밀려왔다.

이렇게 편한 바지를 여성이 입기 시작한 것은 100년 남짓밖에 되지 않는다고 한다. 야회복으로 적당한 여성용 바지를 처음으로 만든 디자이너는 프랑스적인 우아함의 대명사로 널리 알려진 코코 샤넬(Coco Chanel)이다. 1920년대 여성이 샤넬의 통 넓은 선원 바지(Sailor pants)를 앞다퉈 입으면서 여성복 디자인에 남성복의 전통을 과감하게 가미하는 시대가 열렸다.

제1차 세계대전의 발발로 여성이 공장 교대 근무에서 벗어나 남성이 하던 역할을 이제 막 떠맡기 시작하던 때였다. 그때부터 상류층 여성은 머리를 짧게 자르고 일부러 중성적인 의상을 입고 외출했다.

'19세기 중반 이후로 위건(Wigan) 탄광의 갱도에서 일하던 여성들이 치마 밑에 바지를 입고 작업한 일은 있었지만 시내 중심가를 다니는 일반 여성이 바지를 입고도 기분 나쁜 시선을 받지 않게 된 때는 제2차 세계대전 이후였다. 실제로 프랑스 파리에는 자전거나 말을 탈 때를 제외하고는 여성의 바지 착용을 금지하는 법규가 (사실상 사문화되기는 했지만) 2011년까지도 폐지되지 않은 채 남아 있었다.'[1]

1 출처: http://naver.me/54M7kOoo

단순히 편해서 입는 바지였는데 이렇게 깊고 슬픈 역사가 있었다. 여자가 바지를 입는다는 것은 해방을 의미하는 것이었다. 성적인 대상이었던 예쁜 인형의 이미지에서 벗어나 자전거도 타고 탄광에서 남자들과 함께 노동도 하면서 걸리적거리는 치마를 벗어버리고 바지를 입게 된 것이다. 바지를 입는다는 것 자체가 남녀 차별의 구시대적 문화를 타파하고 자유를 만끽하는 것이었다. 여성이 바지를 다른 사람들의 나쁜 시선 없이 자유롭게 입은 지 겨우 100년밖에 되지 않다니! 바지가 바로 페미니스트의 상징이었다니!

그래서 마음이 답답하고 자유가 그리운 날은 바지가 입고 싶었나 보다. 나의 무의식 속의 집단 무의식이 그 사실을 깨우쳐주었나 보다. 내일도 자유를 만끽하면서 바지를 입고 팔자걸음을 휘휘 걸어보아야겠다.

다정한 것이 살아남는다

추천 도서 목록에 있는 책 제목이 눈에 띄어 주문했다. 《다정한 것이 살아남는다》.[1] 살아남으려면 다정하기보다는 이기적이고 개인 중심적이어야 한다고 생각했기에 내용이 궁금해졌다. 책이 도착해서 보니 예상과 달리 '적자생존은 틀렸다. 진화의 승자는 최적자가 아니라 다정한 자였다.'라고 말하는 두꺼운 과학 도서였다. 다정한 사람이 살아가는 방식을 쓴 에세이인 줄 알았는데 예상을 한참 빗나갔다.

'다정도 병인 양하여 잠 못 들어 하노라.' 고려 말 문신 이조년의 시조 '다정가(多情歌)'의 한 구절처럼 다정한 사람들은 정이 많아서 정을 헤프게 여기저기 주고 다닌 탓에 밤잠을 못 이루면서 마음고생도 많이 한다.

1 브라이언 헤어, 버네사 우즈, 이민아 옮김, 《다정한 것이 살아남는다》, 디플롯, 2021.

사람들이 선뜻 나서지 않는 일도 정이 많은 탓에 자청해서 떠맡기도 한다. 남의 고통과 아픔을 그냥 지나치지 못해 돕다가 손해나는 일도 많이 겪는다. 다정한 사람은 가만히 있어도 코 베어 가는 요즘 같은 각박한 시대를 살아가기에는 좀 아둔해 보이고 바보스럽기까지 하다. 그런데 이런 시대에 한참 뒤떨어져 보이는 다정한 사람이 살아남는다고?

《다정한 것이 살아남는다》에서는 다정한 사람이 훨씬 진화된 인간이고, 지금의 인간(호모 사피엔스)이 다정했기 때문에 지금까지 살아남았다고 말한다. 네안데르탈인은 공격적이고 경쟁적이었던 반면에 호모 사피엔스는 뇌가 더 크지 않더라도 다른 사람에 대한 감정반응을 조절하고 자기통제력을 갖추며 생존에 유리하게 진화했다고 한다.

고3 담임선생님이 학교 신문에 쓰신 글이 아직도 생각난다. '조금 손해 보고 살아라!' 너무 자기 것만 챙기고 다른 사람을 이기려고만 하지 말고 조금 지고 살라는 내용이었던 것 같다. 그때는 선생님의 진심을 잘 이해하지 못했지만 살면서 '손해 보고 살아라'라는 말의 의미를 이해하게 되었다. 그래서 누군가 어려운 사정을 얘기하며 부탁하면 두 팔을 걷어붙이고 도와주었다. 남들이 꺼리는 크고 작은 모임의 총무 자리도 선뜻 맡아 봉사하기도 했다. 오십 평생을 이렇게 살다 보니 어느 순간 회의감이 들 때도 있었다. 내가 베푼 호의는 금세 잊어버리고 자신의 이익을 고려하여 행동하는 사람들에게 상처받아 분한 마음을 주체하지 못할 때도 있었다.

'왜 나만 이렇게 당하고 사는 거지?' 나 자신이 너무 바보 같고 한심할 때가 한두 번이 아니었다. 사람들은 자기 것을 살뜰하게 챙기면서 앞만 보고 자기 길을 꿋꿋하게 잘 가는 듯했다. 나만 정이 많아 이리저리 일에 치여 이용당하는 것만 같았다. 더 약삭빠르게 살아야 하는 건 아닐까? 나의 살아온 방식에 회의감이 들 때 만난 책 《다정한 것이 살아남는다》는 신선한 충격이었다.

인간과 가장 비슷하게 협력하면서 살아가는 보노보(침팬지의 일종)는 낯선 보노보를 보면 공격하는 대신 자기가 가진 먹을 것을 나눠준다. 새끼를 키우는 암컷끼리 유대감을 갖고 서로 도와주고, 새끼에게 적대감을 갖거나 공격하는 수컷은 가차 없이 집단으로 공격한다. 암컷 보노보는 새끼를 잘 돌보고 다정한 수컷에게만 호의를 가지고 짝짓기를 한다. 그래서 개체는 더욱 다정한 성향으로 진화되어 나간다. 이 책을 읽다 보니 나의 바보스럽고 어리숙한 다정함이 결국은 진화의 산물이었다! 나는 진화된 인간이었던 셈이다. 그것이 따뜻한 위로가 되었다.

능력보다는 다정함!

지금 우리 현실도 적자생존과 다르지 않다. 슬프게도 남을 밟고 경쟁에서 이겨야만 살아남는다. 학교에서 좋은 내신 성적을 받고, 취업전선에서 돋보이고, 조직에서 승진하려면 남보다 경쟁력이 있어야 한다.

그러나 아이러니하게도 진화인류학자가 밝혀낸 사실은 다르다. 환경에 빠르게 적응하고, 다른 개체들을 짓밟고 경쟁에서 이긴 개체가 살아남는 것이 아니라, 조금 능력이 떨어지더라도 서로 다정하게 협력하는 개체들이 함께 살아남는다고 한다. 뛰어난 혼자보다는 평범하지만 다정한 무리가 더 강하다. 오래 살아남으려면 남들보다 뛰어난 능력을 키워야 하겠지만 다른 사람들의 감정에 대한 감수성을 키워 함께 협력하면서 살아가는 능력이 더 중요하다.

구글이나 메타 같은 글로벌기업은 인재를 채용할 때 학력과 경력보다는 얼마나 팀원들과 협력을 잘하는지에 중점을 둔다고 한다. 혼자만 잘난 독불장군은 철저하게 걸러내는 인사 시스템이다.

'하나보다는 여럿의 생각이 더 옳다!'라는 말이 있다. 집단지성과 같은 맥락이다. 요즘같이 빠르게 변화하는 시대에서는 뛰어난 개인의 판단에 모든 것을 맡기기에는 너무 위험 요소가 많다. 여럿이 함께 협의하면서 문제를 해결할 때 미처 생각지 못했던 다양한 변수들을 고려하고 더 멋진 대안을 제시할 수 있다. 이제는 혼자만 똑똑해서는 살아갈 수 없는 시대다.

학교에서도 집단지성의 중요성이 부각되고 있다. 교사 혼자 애쓰기보다는 공동으로 연구할 때 교육이 더 발전한다. 각자 교실에 고립되어 있던 교사들을 끌어내어 함께 연구하고 협력할 수 있도록 하는 것이 교장과 교감의 중요한 임무가 되었다. 이제는 경쟁보다는 협력이 더욱 중요한 화두이다. 살아남기 위해서라도 다른 사람들과 협력해야 한다. 다른 사람들의 감정을 살피고 다정해져야 한다.

중용의 미덕

교감 발령을 받았을 때 부장선생님 중 한 분이 나에게 직접 지은 축시를 써서 예쁘게 프린트하고 낭송까지 해주셨다. 너무 감사했다. 그분은 부장교사들의 단톡방에서도 항상 이모티콘을 곁들여 감성적인 댓글을 달아주시고는 하셨다.

어느 날 교장 선생님께서 "그 부장님은 너무 감성적이라서 싫어!"라고 말씀하셨다. 그냥 웃어넘겼다. 얼마 후 그 부장선생님이 다른 학교로 전근을 가셨다. 그 학교의 교감은 나와 친분이 있었는데, 그 선생님에 관해 물어왔다.

"그 선생님 어떠셔?"

"부장도 하시고 학교 일에 열심을 내셨지."

그 후 그 부장선생님은 학부모와 문제가 생겨 명예퇴직을 하셨다는 소문을 들었다.

재작년에 갑작스럽게 상을 당한 선생님을 대신해 시간강사를 구하느라 이리 뛰고 저리 뛸 때였다. 온갖 인맥을 다 동원해서라도 빨리 시간강사를 구해야 수업결손을 막을 수 있는 급박한 상황이었다. 3년 치 비상연락망을 뒤져서 퇴직하신 선생님들께 일일이 전화를 돌렸다. 다들 반갑게 전화를 받아주셨다. 그러나 애석하게도 모두 다른 학교에서 시간강사나 기간제 교사를 하고 계셨다. 재작년에는 교사 자리가 비는데도 불구하고 교육청에서 신규교사 발령을 내주지 않고 학교에서 기간제 교사를 쓰라고 하는 통에 시간강사 구하기가 하늘의 별 따기처럼 어려웠다.

마침 명예퇴직을 하셨다는 소식을 들은 참이라 그 부장선생님에게도 전화를 돌렸다. 그러나 아무리 전화를 해도 받지 않으셨다. 하는 수 없이 문자를 남겨놓았다. 혹시 시간강사로 와주실 수 있으시냐고.

며칠 있다 답장이 왔다. 강경한 어투로 자신은 절대로 시간강사 안 나갈 거니까 앞으로는 연락하지 말라고 하셨다. 잠시 당황했다. 이분이 나랑 같이 근무했던 부장선생님이 맞나 싶은 생각이 들 정도였다.

사회생활을 오래 하고 경험이 쌓이면서 나를 막역하게 대하는 사람들을 자꾸 경계하게 된다. 그들의 친절에 내 마음을 열었다가 갑작스럽게 돌변하는 태도에 상처를 받는 경우가 종종 있었기 때문이다. 나에게 과잉 친절을 베푸는 사람들은 그에 대한 대가를 은연중에 요구하거나 종종 뒤통수를 치곤 했다. 그런 사람들은 감정의 기복이 심한 편이었고 좋고 나쁨이 명확했다. 그래서 기분이 좋을 때는 잘 대해주다가도 조금만 수가 틀리면 바로 날카로운 이빨을 드러냈다.

나이 들수록 중용(中庸)의 미덕을 절실히 느낀다. 중용은 지나치거나 모자라지 아니하고 한쪽으로 치우치지도 않는, 떳떳하고 변함이 없는 것이다. 너무 친절하지도 그렇다고 너무 냉랭하지도 않은 것, 상대방에게 베푸는 말과 행동에서 적절함을 지키는 것이다.

그러나 마음에 품은 뜻이 흔들리지 않고 상황에 맞게 감정을 잘 표현하는 것이 쉽지는 않다. 공자(孔子)도 충실하게 중용의 삶을 살 수 없었다고 고백할 정도로 중용을 지키는 것이 어렵다. 그러나 포기하고 싶지는 않다. 매일 나 자신을 반성하면서 너무 지나치지도 그렇다고 너무 모자라지도 않는 세련된 중용의 멋을 풍기는 중년으로 나이 들고 싶다.

가장 이기적인 활동은 봉사활동이다?

오래전에 TV에서 일본인 가정에서 아이를 키우는 방법을 소개하는 다큐멘터리 방송을 본 적이 있다. 아직도 기억에 남는 특이한 장면이 있었는데, 아빠가 봉사를 가기 위해 아이를 새벽에 깨우는 것이었다. 아직 어둑어둑 어둠이 가시지 않은 새벽에 남자아이는 군말도 없이 벌떡 일어나 옷을 입고 신발을 신었다. 대사 한마디 없었지만 큰 울림이 있었다. 나도 아이를 저렇게 키워야겠다고 속으로 다짐했었다.

애 셋을 키우면서 아이들과 함께 봉사활동을 하고자 여기저기 많이 찾아다녔다. 탈북학생들을 돕는 동아리에도 들고, 인터넷 봉사 사이트에 회원 가입을 해서 주말에 아이들과 함께 봉사활동을 하러 다니기도 했다. 그러나 이상하게도 연속성을 가지기가 힘들었다. 애써 지도를 보고 찾아가 봉사활동을 했지만 1회용 이벤트성으로 끝나는 경우가 많았다. 탈북학생들을 위해 아이들이 입던 옷을 깨끗이 정리해서 두 시간을 넘게 운전하고 갔지만 우리가 반가운 손님은 아닌 듯했다. 봉사를 하고 싶었지만 내가 마음속에 그리던 그런 봉사를 할 수 있는 곳이 막상 별로 없다는 사실이 나를 허탈하게 했다.

몇 년 전 내가 일하는 사무실로 성직자 한 분이 찾아오셨다. 그분은 한눈에 봐도 정갈한 옷매무새에 무언가 보통 사람과는 다른 기운이 펴져 나오고 있었다. 그분 곁에서 이야기를 나누고 있자니 구부정한 허리가 곧게 펴졌고 그분이 뿜어내는 맑은 기운에 심취하게 되었다. 그분은 학교 밖 아이들을 위해 봉사하는 분이셨다. 학교 밖 학생들을 위해 사이버 학습용 사이트를 계속 유지해줄 것을 간곡히 부탁하셨다. 그분이 어떤 심정으로 아이들을 위해 봉사를 하면서 사셨는지 말씀을 안 하셔도 다 느낄 수 있었다. 그분에게서는 향기가 흘러나왔다. 맑은 영혼의 향기가.

어제는 TV에서 서울의 한 동네에 사시는 맥가이버 할아버지에 관한 이야기를 시청했다. 할아버지는 타고난 눈썰미와 손재주로 동네의 온갖 가전제품을 무료로 고쳐주셨다. 집 한편에는 우산이 한가득 쌓여있었는데, 버려진 우산을 주워다 새것처럼 고쳐서는 갑자기 비가 쏟아지면 우산을 품에 안고 밖으로 나가신다. 그러고는 우산 없이 처마 밑에서 오도 가도 못하는 사람들에게 우산을 하나씩 나눠 주신단다. 그럴 때 보람을 느끼고 한없이 기쁘다면서 함박웃음을 지으셨다. 팔순이 넘으셨지만 유난히 피부가 곱고 주름 한 점 없는 얼굴의 비결을 직감할 수 있었다.

오늘 신문에서는 산불이 나서 힘든 지역 사람들을 위해 두 팔을 걷어붙이고 봉사하는 사람들의 사진을 봤다. 하나 같이 표정이 밝고 환하였다. 세상의 근심과 우울함을 전혀 찾아볼 수 없었다. 우리 학교에도 자진해서 교통봉사를 해주시는 학부모들이 계시다. 그분들의 얼굴도 항상 환하고 웃는 얼굴이다. 힘든 사람들을 위해 봉사하시는 분들도 한결같이 웃는 얼굴이고 환한 미소를 짓고 있다. 보는 사람의 마음마저 따뜻해지는 힘이 있다. 봉사가 몸에 밴 사람들은 보통 사람들과는 다른 기운이 퍼져 나온다. 그 기운은 옆에 있는 사람의 마음도 따뜻하고 환하게 하고 봉사를 하는 당사자의 얼굴도 맑고 빛나게 하는 마법의 힘이 있다.

가장 이타적인 삶이 가장 이기적인 삶

많은 학자들은 현대인을 괴롭히는 스트레스를 해소하는 가장 좋은 방법으로 '나눔'을 권한다. 남을 돕게 되면 긍정적인 기분과 연관이 있는 뇌의 부분이 활성화되어 우울감과 스트레스가 해소된다고 한다. 미시간 대학의 스테파니 브라운 박사는 남을 위해 나눠주고 베풀어주는 삶을 사는 사람은 그렇지 않은 사람보다 장수할 확률이 2배 이상 높다는 연구결과를 발표했다. 장수하는 노인은 친구나 이웃, 친척들을 아무런 대가 없이 도와준다는 공통점을 발견했다. 브라운 박사는 그 이유가 남을 돕는 과정에서 생성되는 옥시토신 호르몬이 스트레스를 완화하는 데 효과적이기 때문이라고 주장했다.

아무런 대가 없이 남을 도와주는 봉사가 결국에는 나의 건강을 위한 것이었다. 남을 위해 사는 이타적인 삶이 나의 무병장수를 도와주는 가장 이기적인 삶이었던 셈이다.

한 의사는 평생 모은 100억이 넘는 재산을 대학에 전액 기증했다. 세 아들은 아버지가 그렇게 재산이 많은 줄 전혀 몰랐다면서 흔쾌히 아버지의 뜻에 따랐다. 만약 우리 아이들이었다면 어떤 반응을 보였을까? 만약 내 아버지나 시아버님이 그러셨다면 어땠을까? 여러 가지 생각이 들었다.

몇 억 혹은 몇백 억 기증할 재산은 없지만 내가 할 수 있는 봉사를 찾았다. 바로 재능기부다. 성당에서 성가대 활동을 하기로 했다. 성가대에 서려면 주일 꿀 같은 늦잠을 포기해야 한다. 아침부터 서둘러 성당에 가서 두 시간 넘게 연습을 한다. 나의 귀한 일요일 오전을 온전히 성가대 활동을 위해 바쳐야 한다. 성가대 활동을 하면서 얻은 것은 같이 봉사활동을 하는 성가대원들이다. 같은 봉사활동을 하면서 끈끈한 연대감을 느낀다. 어느 사회 단체에서도 만날 수 없었던 순수한 마음과 열정을 가진 보석 같은 사람들과 인연을 맺을 수 있었다.

봉사활동도 자신에게 맞는 방법을 찾아야 한다. 마음은 있지만 막상 실천에 옮기기는 쉽지 않다. 항상 봉사활동을 가로막는 일들이 생긴다. 이런 소소한 일상의 장애물을 뛰어넘고 꾸준히 할 수 있는 봉사활동을 찾아야 한다. 요리를 잘하는 사람은 요리 품앗이로, 노래를 좋아하는 사람은 노래로, 몸을 잘 쓰는 사람은 몸쓰기로, 대화를 좋아하는 사람은 말동무로.

나의 무병장수와 영혼의 맑음을 위해서라도 좀 더 이기적일 필요가 있다. 봉사활동과 나눔을 통해서 이기적으로 사는 것! 왠지 멋져 보인다.

결혼,
환상과 현실 사이에서

앳된 여선생님이 결혼한다며 청첩장을 수줍게 내밀었다. 교대를 졸업한 지 얼마 안 되는 젊은 선생님이었다. 나이로 치면 우리 집 큰딸과 비슷한 또래다. 우리 집 애들은 결혼 얘기는 꺼내지도 않는데 청첩장을 받으니 기특하기도 하고 신기하기도 했다. 대학교 때 캠퍼스 커플이었나? 달력에 결혼 날짜를 표시하면서 그 선생님의 부모님이 몹시 부러웠다.

2021년 결혼은 19만 건이 좀 넘어 1970년 통계 작성 이후 최저를 기록했다고 한다. 결혼의 결도 달라져 초혼 커플 중 연상녀와의 결혼이 다섯 쌍 중 하나로 많아졌다고 한다. 그 이유 중 하나가 요즘 여성이 많이 배우고 늦게 결혼하기 때문이라고 한다. 1960년 여성 초혼 평균 나이가 21.6세(남자 25.4세)였다가 2014년 처음으로 여성 초혼 나이가 30세를 넘었다고 한다. 2021년 결혼 평균 나이는 여성 31.8세(남성 33.3세)

란다. 여성 대학 진학률이 81.6%(남성 76.8%)로 매우 높고 직업을 갖기 때문이라고 그 원인을 분석한다.

주위를 둘러봐도 요즘 젊은이들은 결혼을 일찍 안 한다. 내가 20대였을 때만 해도 결혼을 안 하고 30대로 접어든 여자를 가리켜 노처녀라고 했는데 요즘은 그런 말 자체를 아예 쓰지 않는 듯하다. 우리 학교 선생님처럼 20대에 결혼하겠다고 하는 여성이 신통방통하게 여겨질 정도다.

나는 결혼할 때 환상이 있었다. 결혼하면 쓸쓸하고 힘들었던 내 인생의 1막이 끝나고 안락하고 행복한 핑크빛 인생의 2막이 시작될 줄 알았다. 그러나 웬걸! 시베리아의 추위보다 더 혹독한 절대로 녹록지 않은 현실이 나를 떡하니 기다리고 있었다.

제임스 홀리스는 《내가 누군지도 모른 채 마흔이 되었다》에서 결혼생활이 중년에 가서 파탄 나는 경우가 많은데 그 이유는 결혼한 두 사람을 엮고 있는 구조물은 불안한 반면 거기에 지나치게 큰 유년기의 희망을 얹어놓기 때문이라고 했다. 자신의 내면아이가 품고 있는 거대한 희망을 타인은 이뤄주려고 하지 않으며 그럴 수도 없는데, 이를 버림받고 배신당했다고 느끼는 것이다. 나에게 필요한 모든 것을 충족시켜주며 나를 돌봐주고 내가 힘들 때마다 항상 옆에 있어 주는 그런 배우자는 없다는 것이다.

혼자 설 수 있을 때 결혼도 행복해진다

작가 임경선은《태도에 관하여》에서 자신은 지극히 현실주의자라고 고백하면서 남편과 하나 있는 딸에게도 별다른 기대를 하지 않는다고 하였다. 남편은 그냥 같이 살아주어서 고맙고 옆에 있어 주니 감사한 존재이고, 딸은 하늘이 선물한 아이를 잠시 자신이 맡아서 키우는 것뿐이라는 심정으로 대한다고 했다. 그러니 남편에게도 딸에게도 많은 기대를 하지 않고 그러다 보니 실망할 것도 별로 없다고 한다. 이것이 바로 행복의 비결인 듯하다.

우리가 어렸을 적 읽었던 신데렐라나 백설공주와 같은 전래동화는 불행했던 여자 주인공이 어려움을 이겨내고 멋진 왕자님을 만나 결혼하고 행복하게 사는 해피엔딩으로 끝난다. 여기서부터 우리의 착각(?)은 시작되지 않았을까? 결혼하면 행복해진다는 착각. 남편은 신데렐라나 백설공주의 왕자님처럼 나를 보호해주고 지켜주어야 하는 방패막이가 되어야 한다는 당위성. 내가 위기에 처했을 때 백마를 타고 나를 구해주러 올 왕자님은 원래부터 존재하지 않는데 말이다. 결혼은 막연한 나의 상상 속의 허상이고, 판타지가 아닌 철저한 현실이다.

제임스 홀리스는《내가 누군지도 모른 채 마흔이 되었다》에서 남편을 비롯한 어느 누구도 나를 구원해주고 돌봐주며 상처를 치유해주지 못한다고 한다. 영원한 동반자가 되기를 자처하며 그럴 준비가 된 사람은 사실 우리 마음 안에 있다. 유년기의 희망과 기대가 사그라졌음을 인정하고 나 자신을 스스로 책임져야 한다는 사실을 받아들일 때 비로소 2차 성인기가 시작된다. 결국 나를 보듬어주고 상처를 치유해줄 사람은 남편이 아니라 바로 나 자신이다.

그러니 괴로운 현실의 도피처로 결혼을 생각한다면 결혼은 크나큰 실망과 상처만을 남겨줄 뿐이다. 나 자신이 진정 홀로 설 수 있을 때, 나 스스로 나의 상처를 치유할 수 있을 때 그때가 결혼의 적령기일 수도 있다. 그러나 젊은 나이에 내면을 단단하게 하고 홀로 설 수 있는 사람은 별로 없다. 그래도 적어도 결혼과 남편에 대한 환상은 버리는 것이 좋겠다. 철저한 현실주의가 나를 또 다른 상처와 실망에서 지키는 방법이다.

나만의 소우주를 가꾸고, 내면의 목소리를 듣고, 내면을 밤톨처럼 단단하게 다지면서 홀로 우뚝 설 수 있을 때 아마도 이런 나의 향기를 알아채는 사람이 나타날 것이다. 나와 비슷한 안테나를 가지고 같은 향기를 품은 사람이 나타날 것이다. 그리고 그런 사람이 나타났을 때 내 사람임을 알아챌 수 있는 혜안도 생겨날 것이다. 그러니 결혼이 점점 늦어질 수밖에! 요즘 젊은이들은 다들 너무 똑똑하다. 지극히 현실주의자들이다.

4장

즐거운 나로 살기

염치와 뻔뻔함

며칠 전 정말 화가 치솟는 일이 있었다. 교문 앞에서 학생들을 위해 아침맞이를 하고 있었는데, 할줌마 한 분이 거침없이 갈지자걸음으로 팔을 휘휘 저으며 교문을 가로질러 운동장 쪽으로 걸음을 재촉했다. 나는 잠시 머뭇거리다 코로나 시국이 엄중하니 제재를 해야겠다고 마음먹었다.

"어르신, 학교 안으로 들어오시면 안 됩니다."

"다음부터는 이리로 안 다닐게요."

먼 길을 빙 돌아가는 대신 학교를 가로질러 가는 지름길을 선택하신 그분은 이 한마디를 남기고 씩씩하게 서둘러 가셨다.

'아니, 뭐 저런 사람이 다 있어?' 나는 속으로 화가 부글부글 끓어오르는 것을 참았다. 성질 같아서는 할머니를 붙잡고 한바탕 속 시원히 쏘아붙이고 싶었다. 얼마 전 화를 내지 말자고 글을 쓴 게 무색할 정도로 할머니의 뻔뻔하고 안하무인격인 행동에 화가 났다. 결국은 아무 말도 못 하고 벙어리 냉가슴만 앓았지만 나이 든다는 것과 염치와의 상관관계에 관해 생각해보게 되었다.

염치 있게 나이 든다는 것

오래전 읽은 글 중에 나이 든 사람과 젊은 사람의 화장실 사용에 관한 것이 있었다. 필자는 고속도로 휴게소 화장실을 사용하고 나올 때 젊은 사람들은 들어갈 때 모습과 나올 때 모습이 변함없이 단정한데, 나이 든 사람은 들어갈 때는 정상이었으나 볼일을 보고 나올 때는 바지춤을 잡고 단추를 잠그는 등 옷매무새를 갖추지 않고 화장실을 나오는 모습을 꼭 짚어 지적했다. 요즘은 이 정도로 막무가내인 어르신들은 잘 안 계시지만 간혹 그런 분들도 있어서 이해가 가는 내용이긴 했다.

김이나 작가는 나이가 들어가며 가장 지키고 싶은 게 바로 '염치'라고 했다. 수줍음을 아는 어른이 되고 싶다고 했고 그것이 얼마나 어려운지도 강조했다. 학교 운동장을 지름길 삼아 가로질러 가신 어르신이나 볼일을 보고 화장실을 나와서 옷매무새를 간추리는 할머니들도 한때는 수줍음 많은 앳된 소녀 시절이 있었을 것이다. 결혼하고 자식을 키우며 힘겨운 세월을 억척스럽게 살아오면서 체면이나 염치 같은 것은 사치품이 되었을지도 모른다. 사는 게 너무 각박하고 상상도 못 할 힘든 일을 많이 겪다 보니 그렇게 되었을 것이다.

나도 예외일 수는 없다. 우리 집 딸들은 엄마인 내가 '노답'이란다. 평상시에는 고매한 품위를 잘 유지하다가도 딸들과 함께하는 결정적인 순간에는 바로 '노답' 아줌마가 된다. 학교에서 철저하게 다른 사람들에게 피해를 주는 행동을 제재하는 교육을 받고 자란 세 딸은 공공장소에서 내가 하는 행동들이 탐탁지 않다. 자취방 문을 열어주지 않길래 초인종을 여러 번 누른 나는 또 '노답' 엄마가 되어버렸다. 식당에서 조금만 큰소리를 내도 곧바로 딸들의 제재가 들어온다. 불편하기 그지없다.

뻔뻔함을 넘어 당당함으로

할머니들이 다 염치없고 뻔뻔한 건 아니다. 뻔뻔함을 넘어서 당당하게 자신의 삶을 사는 분들도 많다. 《진짜 멋진 할머니가 되어버렸지 뭐야》를 쓴 김원희 작가도 젊었을 때는 꿈만 꾸었던 세계여행을 할머니가 되어서야 캐리어 하나만을 달랑 들고 도전하셨다. 젊었을 때는 이것저것 생활의 걸림돌이 많았지만 그 모든 것을 다 감내한 할머니였기에 가능한 일이었다. 할머니의 용기와 결단이 부럽고 존경스럽다.

영화 〈아이 캔 스피크〉의 주인공인 '옥분 할매'도 수줍음과는 거리가 먼 분이다. 민원을 너무 많이 넣어 '도깨비 할매'라 불리는 옥분은 원칙주의자 9급 공무원에게 영어를 배운다. 영어 공부의 목적은 바로 미 상원의회에서 일본의 위안부 관련 만행을 당당하게 고발하는 것이었다. 옥분 할매의 실제 모델은 미국 의회 청문회에 참석해 증언한 고(故) 김

군자, 이용수 할머니라고 한다. 꽃다운 소녀 시절에 위안부로 끌려가 상상도 못 할 지옥 같은 삶을 살았을 그분들. 한평생 그 한과 고통을 이겨내고 승화시켜 할머니가 되어서 당당하게 일본의 만행을 만천하에 고발하고 사과를 요구했다.

과연 김원희 할머니와 옥분 할매가 젊은 나이였다면 그런 과감한 도전과 당당한 고발이 가능했을까? 세월의 원숙함과 인고의 생을 살아오면서 나온 지혜와 결단이 그러한 멋지고 과감한 행동들을 가능하게 하지 않았을까?

"아들을 낳고 나니 세상에 두려울 게 없더라."라는 말을 하며 깔깔 웃던 친구가 생각난다. 겁 많고 수줍음 많던 소녀가 결혼하면서 아이를 순풍순풍 낳고 또 키우면서 점점 용감해지고 강해졌다. 여린 소녀에서 생활력 강한 엄마로 거듭났다. 이 과정에서 무슨 일이든 머뭇거리며 남의 눈치를 보던 소심쟁이에서 지하철에서 자리가 나면 가방부터 던지는 과감한 아줌마로 점점 변하게 되었다.

염치가 조금 없어도 괜찮다. 간혹가다 '노답'이어도 괜찮다. 그 대신 우리 아줌마, 할줌마들은 인고의 세월을 겪어온 훈장 같은 당당함이 있다. 어떤 것이 귀한 것이고 소중한 것인지 분별할 지혜를 얻었다. 엄마로서, 딸로서, 커리어우먼으로서, 며느리로서, 아내로서 이 많은 역할을 오롯이 해내면서 얻어낸 진주 같은 인고의 선물이다. 거기다 나를 위해 세계여행 같은 멋진 일을 저지를 용기와 남에게 피해를 주면서까지 염치없어지는 뻔뻔함의 경계만 잘 지킨다면 우리도 멋진 할머니가 될 수 있을 것이다.

깨진 화분이 나를 닮았다

모처럼 집에서 편안하게 쉬고 있는데 아파트 관리사무소의 안내방송 소리가 요란하다. 태풍이 올라오고 있으니 베란다에 내놓은 화분을 모두 집 안으로 들여놓으라고 한다. 문득 안 쓰는 화분을 베란다에 방치해 놓은 것이 생각났다. 내가 베란다를 기웃거리자 막내가 와서 말한다.

"엄마, 도와줄까?"

막내와 함께 몇 년간 베란다에 방치해 두었던 화분을 하나씩 집 안으로 들여놓았다. 뿌리가 말라서 배배 틀어진 것, 잡초의 씨가 날아와 터를 잡고 주인행세를 하는 것, 먼지를 뽀얗게 뒤집어쓴 것 등 모두 비참한 행색이었다.

몇 년 전 한창 다육이 붐이 일었을 때 예쁜 식물에 혹해 도자기 화분과 다육이를 잔뜩 사들였었다. 수제 도자기 화분이라 값도 꽤 나갔었다. 처음 한두 달만 예쁜 자태를 뽐내던 다육이들은 웃자라거나 뿌리부터 썩어버렸다.

또 다른 화분은 봄이면 예쁜 꽃들을 사서 심던 것이었다. 봄이 되면 꽃집 앞에 울긋불긋 예쁘게 피어있는 꽃들을 삭막한 우리 집에 데리고 오고 싶었다. 하지만 그 예쁜 애들도 한 달을 못 가고 바로 시들시들해졌다.

깨진 화분도 보였다. 한창 영전 축하 난 화분 선물이 유행할 때 받았던 것이다. 그래도 난은 내가 애지중지한 보람이 있어서 그런지 한 이삼 년을 버티다 끝내는 생을 다하였다.

거실 한 귀퉁이 미니정원에서 예쁜 자태를 뽐내며 나에게 위안을 주던 아이들이었다. 이 아이들을 정리하면서 왠지 나와 닮았다고 생각했다. 나도 한때는 울긋불긋 휘황찬란한 꿈을 꾸며 마음속에 예쁜 꿈을 가꾸고 싶었다. 진로 교육에 꽂혀 두 시간 가까이 운전하며 서울에 있는 여대 평생교육센터에 다녔고, 좀 더 나은 삶을 꿈꾸며 대학원에 다니면서 몇 날 며칠을 밤을 새워 리포트를 썼었다. 그때는 그 꿈이 나에게 절실했는지 몸은 힘들었지만 행복했다. 그렇게 나에게 위안과 행복을 주던 꿈도 저 깨진 화분들의 꽃과 다육이처럼 내 속에서 다 배배 말라 죽어가고 있었다. 나는 이제 희망이라는 꽃을 피우지 않는 깨진 화분이 되어버린 것이다.

이제는 좋은 것, 예쁜 것을 봐도 감흥이 일어나지 않는다. 하하하 목젖까지 올라오게 웃어본 것이 언제인지 잘 기억이 나지 않는다. 슬픈 이야기를 들어도 눈물이 잘 나지 않는다. 기쁨도 슬픔도 다육이처럼 다 말라버린 것일까? 베란다에 버려진 저 화분들처럼 내 마음도 쓸쓸하기는 매한가지이다.

화분 한 귀퉁이에서 잡초가 자라고 있었다. 다육이, 난, 예쁜 꽃들이 죽어간 그 자리에 어디에서 날아왔는지 알 수조차 없는 잡초가 터를 잡았다. 강한 생명력이다. 내 마음의 한 귀퉁이에도 어디에서 날아왔는지 모르는 희망 하나가 자라고 있다. 바로 글쓰기이다. 다 죽어가던 내 마음의 화분에서 질긴 생명력으로 버텨내고 있는 글쓰기의 씨앗을 민들레 홀씨처럼 날리고 싶다. 다른 사람들 마음에도 옮아가 터를 잡고 살아가는 그런 글쓰기의 홀씨를~~

홀로서기 연습

코로나가 기승을 떨치면서 사회적 거리두기로 혼자 놀기가 유행했다. 특히 코로나 초창기에 달고나 커피 만들기가 대유행이었다. 재료는 커피, 설탕, 따뜻한 물로 간단하지만 만드는 과정은 녹록지 않다. 재료를 한곳에 담아 스푼으로 수백 번을 저어야 한다. 만드는 시간도 길고 엄청난 정성을 들여야 한다. 이것이 유행을 탄 건 이것만큼 집에서 혼자 놀기에 딱 맞는 것이 없었기 때문이다. 이 외에도 십자수, 인형놀이, 게임 등 사람들은 점점 혼자 놀기의 달인이 되었다.

식당에서도 혼자 밥을 먹는 사람들을 흔하게 볼 수 있다. 혼자 영화를 보는 것도 어색하지 않다. 노래를 부르고 싶을 때도 혼자서 즐길 수 있는 코인노래방에 간다. 심지어 혼자서 백팩 하나만을 짊어지고 캠핑을 떠나는 백패킹도 유행이다. '혼족'이라는 새로운 용어도 등장했다. 혼족이란 혼자 밥을 먹거나 여가생활을 즐기며 혼자 활동하는 취미를 가졌거나 그런 성향이 강한 사람들을 일컫는 말이다.

코로나 시대에 사람들은 혼자 놀기의 달인이 되어 가고 있지만 정작 그보다 더 어려운 것은 홀로서기이다. 박우란 작가는《딸은 엄마의 감정을 먹고 자란다》에서 홀로 선다는 것은 물리적인 독립이나 경제적인 자립만을 뜻하는 것이 아님을 강조한다. 나 자신을 만족시킬 수 있는 개인이 되는 것이 홀로서기이다. 즉 나의 쾌락과 나를 만족시킬 수 있는 권리를 타인에게 양도하지 않는 것을 의미한다. 진정 고독을 사랑하는 사람이라고 할 수 있다.

흔히 휴대폰에 저장된 전화번호는 수백 개가 넘지만 정작 힘들고 외로울 때 전화를 걸 사람이 없다는 말을 한다. 힘든 일이 있을 때 같이 있어 주고 나의 이야기를 들어줄 누군가를 찾는데 그게 여의치 않다. 힘들고 지칠 때 평소에 가깝다고 생각한 친구나 가족 혹은 남편에게 내 마음을 위로받으려다 더 깊은 상처를 받고 힘들어지는 경우가 많다.

50대를 행복하게 지내려면 혼자 놀기를 잘해야 한다. 함께할 사람이 없어서 무언가를 시작하지 못했다는 핑계를 대기에는 남은 시간이 별로 없다. 50대뿐만 아니라 젊은이들도 타인에게 내 감정을 치유받기를 기대하기보다는 홀로 설 수 있어야 한다. 혼자 있어도 외로워하지 않고 혼자 있는 시간을 잘 보내야 하고, 나 자신의 내면의 보석을 갈고 닦을 수 있어야 한다.

후대에 남을 만한 훌륭한 걸작을 만든 예술가들도 혼자 있는 고독에 익숙한 사람들이다. 세계적인 작가들을 인터뷰한 책을 보면 '고독과 인내'가 창작의 연료였음을 밝히고 있다. 일본의 유명한 소설가인 무라카미 하루키도 매일 글을 쓰는 시간을 정해놓고 창작에 몰두했다. 대부분의 작가와 화가들은 자신을 둘러싼 고독과의 치열한 싸움에서 승리하고, 혼자만의 시간을 어떻게 유익하게 보낼 수 있는가에 대한 답을 찾았으며, 고독의 아픔을 가슴에 품어 창작의 진주로 승화시킨 사람들이다.

사랑도 우정도 홀로서기의 연장선

한성희 작가는 《딸에게 보내는 심리학 편지》에서 종교철학자 폴 틸리히의 말을 빌려 외로움에는 두 가지 종류가 있는데, 혼자 있는 고통이 론리니스(Loneliness)라면 혼자 있는 즐거움은 솔리튜드(Solitude)라고 소개한다. 둘 다 고독이라고 번역되지만 솔리튜드는 훨씬 생산적이다. 혼자 있는 시간을 적극 활용하여 나만이 들어갈 수 있는 내적 공간을 적극적으로 가꾸어 보다 창조적인 상태로 도약하는 것이기 때문이다.

외롭고 고독하다고 느낄 때 혼자서 잘 놀 수 있어야 한다. 고독을 기꺼이 껴안는 용기가 필요하다. 도대체 나를 외롭게 하는 감정의 정체는 무엇인지, 내가 어떤 일을 할 때 행복한지 곰곰이 생각하는 시간을 가질 것을 적극 추천한다! 내가 하고 싶은 것이 무엇인지 나의 내면의 목소리에 귀를 기울이는 혼자만의 시간을 갖는 것도 좋다. 함께할 친구나 지인이 없어도 혼자 여행을 떠나고 외국어 공부를 새롭게 시작하는 것도 좋다. 나 혼자서 스스로 행복할 수 있는 방법, 타인에게 기대지 않고 오롯이 나 혼자서 마음이 단단해지는 방법을 찾아보자. 나는 기나긴 항암 치료 기간에 걷기를 시작했다. 반려견과 하염없이 걸으면서 홀로 서는 방법을 한 가지씩 찾아 나갔다.

홀로 선다는 것은 남을 의식하지 않는 마음을 가지는 것을 의미한다. 내 마음이 단단해져 홀로서기를 할 수 있는 사람들은 혼자서 무엇을 하든 당당하다. 그 비결은 바로 다른 사람의 시선을 의식하지 않기 때문이다. 나 자신이 행복하면 행복한 것이지 남이 나를 어떻게 생각할지는 전혀 중요하지 않다. 한성희 작가는 이렇게 나와의 관계를 잘 맺어 혼자임을 기꺼이 즐길 줄 아는 사람은 진정 자신과 연결될 수 있는 사람이고 또 그런 사람만이 타인을 파괴하지 않고 질식시키지 않은 채 건강한 관계를 맺을 수 있다고 했다.

아이러니하게도 고독을 즐기고 혼자 있는 시간을 만끽하면서 홀로서기를 잘할 수 있을 때 친구와의 우정도 연인과의 사랑도 건강하게 키워 나갈 수 있다. 친구나 연인에게 나의 감정을 투사하지 않고 많은 기대를 하지 않기 때문이다. 충분히 혼자 설 수 있어야 친구와 연인과 함께 건강한 관계를 유지할 수 있다. 결국 사랑도 우정도 홀로서기의 연장선에 있는 것이다.

나를
존중해주는 사랑

대화 중에 결혼 이야기가 나오자 한 선생님이 이런 말을 했다.

"저는 제 딸과 결혼하려는 남자는 누가 됐던 다 싫을 것 같아요!"

왜 그렇게 생각하냐고 그 이유를 물었더니, 아들은 결혼하면 그냥 아내에게 잘해주면 되지만 딸은 어떤 남자를 만나느냐에 따라 행복과 불행이 결정되는 만큼 어떤 남자든 다 못 미더울 것 같다고 했다.

옛말에 여자 팔자는 뒤웅박 팔자라는 말이 있다. 뒤웅박의 끈이 떨어지면 어찌할 도리가 없듯이 여자의 운명은 남편에게 매인 것이나 다름없다는 의미다. 세상이 많이 바뀌었다고는 하지만 결혼하면 출산과 육아의 짐이 여자에게로 많이 쏠리는 것은 사실이다. 또한 시월드라는 낯선 세상도 감내해야 한다. 남자든 여자든 배우자를 잘 만나야 하지만 특히 여자에게는 배우자 선택이 더욱 중요하다. 아무리 가사를 분담한다고 해도 여자만이 할 수 있는 일이 존재하고 엄마, 며느리로서 넘어야 할 수많은 험난한 산들이 기다리기 때문이다.

콩깍지보다는 돋보기로

흔히 콩깍지가 눈에 씌어 결혼한다고 한다. 결혼에 골인한 후에 그 콩깍지가 벗겨지는 데는 3개월도 안 걸린단다. 어른들은 청실홍실이 다 정해져 있어 언젠가는 자신의 천생연분을 만나게 되어 있다고 한다. 그러나 오십 평생을 살아보니 흔히 드라마에서 보듯 찰떡같은 인연을 찾기 힘들다. 세상일은 매일 똑같은 일의 연속이라 지루하고 쇼킹한 일이 잘 일어나지 않는다. 천생연분인 사람이 갑자기 하늘에서 뚝 떨어지지도 않는다. 그러니 남자를 보는 눈을 길러야 한다. 콩깍지보다는 돋보기로 요리조리 재보고 뜯어볼 줄 알아야 한다. 그 남자의 장점과 단점을 말이다.

요즘 젊은이들은 물건 하나를 살 때도 즉흥적으로 사지 않는다. 포털사이트에서 최저가를 검색해서 가장 싼 가격에 좋은 물건을 합리적인 방법으로 산다. 그리고 필요 없는 물건은 곧바로 중고 매매 사이트에 판다. 참 똑똑한 세대이다. 단순히 꽃무늬가 예쁘다는 이유로 흥정도 하지 않고 덥석 스커트를 사는 나를 보고 큰딸은 눈이 휘둥그레진다.

"엄마는 참 물건을 쉽게 산다!"

나는 물건뿐만 아니라 사람을 좋아할 때도 아무런 이유 없이 그냥 좋아했다. 단지 환하게 웃는 모습이 수많은 단점을 덮어버렸다. 사람을 좋아하는 데는 이유가 없었다. 생각이 없었고 너무 즉흥적이었다. 지금 생각해보면.

흔히 사랑에 빠지는 경우를 보면 드라마나 소설에 나오듯 운명처럼 만나는 인연보다는 평소 자주 만나는 주변 사람에게 꽂힐 확률이 높은 것 같다. 연애는 소설이나 드라마가 아니라 현실이다. 반복되는 일상에서 나와 평생을 함께할 사람을 찾기 위해서는 먼저 안목을 길러야 하는 이유다.

젊었을 때 교회를 다니던 친구는 "좋은 배우자를 만나기 위해서는 평소에 기도해야 한다"면서 키, 몸무게, 외모부터 시작해서 성격과 직업까지 세세하게 목록화해서 매일 기도하면 정말 그런 사람이 나타난다고 믿었다. 만약 기도한 대로 좋은 배우자를 만났다면 그것은 기도의 영향도 있겠지만 자신이 진정 원하는 배우자가 어떤 사람인지 평소에 열심히 생각한 결과가 아닐까? 그렇게 자기 암시와 자기 성찰을 하면서 그 과정에서 배우자를 보는 안목을 기르고 어느 순간 정말 그런 사람이 스쳐 지나가도 그 사람을 알아보는 것이 아닐까?

보통 사람들은 사랑하고 싶지만 자신이 어떤 사람을 원하는지 평상시에 깊이 생각하지 않는다. 그냥 막연히 잘생기고 자상한 사람이면 좋겠다는 둥 연예인 누구 같은 타입이면 좋겠다는 둥 뜬구름 잡는 식이다. 나도 그랬으니까!

최우선 순위는 존중

작사가 김이나는 같은 일을 하는 직장에서 보석처럼 반짝이는 성품을 지닌 상사를 만나 결혼에 골인했다. 평생 결혼을 안 하고 독신으로 지낼 것 같았던 한비야도 봉사 현장에서 뜻이 맞는 멋진 배우자를 만나 늦은 나이에 결혼했다. 그러니 요즘같이 비혼이 만연하는 시대에는 결혼적령기를 따지기보다는 느긋한 마음으로 나에게 맞는 사람이 과연 어떤 사람인지 깊이 생각하는 것이 중요하다고 본다. 여유가 된다면 배우자 기도하듯 목록화하는 것도 괜찮은 방법이다.

연애와 결혼할 때 고려할 것은 많지만 무엇보다 '나를 존중해주는 사람'이면 좋을 것 같다. 나의 가치관과 직업, 집안 등을 인정하고 존중하며 응원해주는 사람 말이다. 나를 존중해주는 사람이라면 적어도 나를 함부로 대하지 않을 것이다. 언행을 조심하고 나를 배려해줄 것이다.

마음에 드는 사람이 있다면 평상시 운전할 때 혹은 술에 취했을 때 어떤 말과 행동을 하는지 잘 살펴보아야 한다. 특히 운전대만 잡으면 욕설을 퍼붓는 남자를 조심해야 한다. 그 욕설이 언젠가는 나를 향해 날아올 수 있다.

내가 어떤 배우자를 원하는지 깊이 생각하고 나도 그런 상대에게 모자람 없이 어울리는 사람이 되기 위해 노력해야 한다. 주위에 원석으로 묻혀있는 보석을 찾아낼 수 있는 안목을 기르는 것도 중요하다. 콩깍지가 씌어서 남자에게 매달리지 말고 매의 눈으로 배우자가 될 사람을 낚아챌 수 있는 힘을 길러야 한다.

그냥 사랑하기로!

오랜만에 일찍 귀가한 딸이 이것저것 챙겨서 또 나갈 채비를 한다. 파혼한 친구를 위로해주러 간다고 한다. 왜 파혼하게 되었는지 이야기하면서 나에게 물어본다.

"내 친구 불쌍하지? 그 남자 정말 이상하지?"

나는 최대한 말을 아끼려 노력했다.

"인연이 아닌가 보다 해야지. 결혼해서 헤어지는 것보다는 훨씬 잘됐다."

요 정도로만 대답했지만 속으로는 긴 한숨을 쉬었다. 결혼해서 행복하게 산다는 것은 쉽지 않은 일이다.

요즘같이 비혼 시대에는 결혼하는 것 자체만으로도 귀하고 반갑고 고마운 일이 되었다. 결혼하는 것도 어렵지만 이혼하지 않고 잘 사는 것은 더 어려운 일이다. 2020년에 우리나라의 결혼 건수는 약 21만 건이고 이혼 건수는 약 10만 건이라고 한다. 결혼 대비 이혼 건수가 약 2:1이니 2쌍이 결혼하면 1쌍이 이혼하는 셈이다. 우리나라는 OECD 평균 1.9명을 넘어선 2.1명이 이혼하고 회원국 중 이혼율이 9위라고 한다.

이혼이 나쁘다고는 생각하지 않는다. 결혼 전에는 미처 알지 못했던 배우자의 치명적인 결함이나 약점이 있다거나 도저히 같이 살 수 없는 타당한 이유가 있다면 참고 사느니 이혼하는 것이 백번 옳다고 본다. 흔히 이혼 사유로 가장 많이 꼽히는 것이 '성격 차이'라고 한다. 30년 가까이 서로 다른 환경에서 자라온 사람들끼리 결혼이라는 제도로 한 집에서 같이 먹고 자는 일상생활을 하다 보니 매사 부딪히는 건 명백한 사실이다. 이혼의 사유로 절대적인 우위를 차지하는 성격 차이라는 것이 알고 보면 아주 사소한 일로부터 비롯된다는 데 방점을 찍고 싶다. 예를 들면 치약을 끝에서부터 짜느냐 중간에서 짜느냐 같은.

그냥 사랑하기로 했다

넷플릭스 인기 드라마 〈브리저튼〉에서 주인공 사이먼과 다프네는 우여곡절 끝에 결혼에 골인한다. 서로가 사랑하는 것은 변하지 않았지만 남자 주인공 사이먼은 어렸을 적 아버지에 대한 트라우마로 자녀를 원하지 않았다. 이것이 불화의 씨앗이 되어 부부관계는 냉전을 이어나간다. 다프네는 너무 괴로운 나머지 엄마에게 이 사실을 털어놓고 어떻게 아빠와 평생을 금슬 좋게 살 수 있었는지 그 비결을 묻는다. 그때 다프네의 엄마는 이렇게 대답한다.

"그냥 사랑했다. 남편이니까 그냥 사랑했다!"

드라마를 보다가 이 말을 듣는 순간 내 가슴은 쿵 하고 내려앉았다. 이유가 필요 없었다. 그냥 사랑한 것이다. 서로 자라온 환경이 다른 데서 오는 관점의 차이, 문화의 차이, 생활 습관의 차이에서 오는 모든 짜증과 스트레스를 다 덮어버리고 그냥 남편을 사랑한 것이다. 왜냐면 남편이니까! 내가 사랑해서 결혼한 사람이니까!

모든 것이 마음먹기에 달려있다. 단점을 찾기 시작하면 단점만 보이고, 장점을 찾기 시작하면 장점만 보인다. 사랑에 빠지면 얼굴의 곰보 자국도 다 보조개로 보인다고 하지 않는가.

다프네의 엄마의 말은 나에게 이렇게 들려왔다.

'이왕 사랑해서 결혼한 남편이지 않니? 그러니 조목조목 단점을 들춰내서 미워하기보다는 그냥 눈 딱 감고 사랑해 주는 거야! 그러면 정말 그 사람이 사랑스럽게 보인다니까! 그래야 네가 행복해져! 사랑받는 것보다는 사랑하는 것이 더 행복한 법이야!'

나의 25년이 넘어가는 결혼생활을 되돌아보게 되었다. 나는 남편을 그냥 사랑하기보다는 너무 게을러서 싫고 집안일을 도와주지 않아서 짜증 나고 주말 아침마다 늦잠 자는 게 꼴 보기 싫었다. 장점을 찾아서 좋아하기보다는 남편의 단점과 마음에 들지 않는 구석을 찾아서 마음 저금통장에 꼭꼭 눌러 담았다. 20년이 지나 그 저금통장이 꽉 차게 되자 정말 남편이 싫어졌다. 사랑하기보다는 미워하는 달인이 되어갔다.

그러자 나 자신도 점점 힘들어지고 외로워졌다.

행복은 마음먹기에 달렸다

인기 드라마 〈브리저튼〉에서 엄마의 말에 감화를 받은 다프네는 남편과 헤어지려던 마음을 다시 고쳐먹고 정말 남편을 사랑하기 위해 돌진한다. 남편과 진정한 속내를 나누는 대화를 통해 남편이 무엇 때문에 힘들어하는지 트라우마와 아픔을 확인하고 함께 해결책을 찾아나간다. 소원해졌던 부부 관계는 비 온 뒤 땅이 굳듯이 더욱 단단해지고 귀여운 아들까지 출산하는 해피엔딩으로 마무리된다.

자칫하면 이혼으로 내달을 수 있었던 상황이었지만 여자 주인공 다프네가 다시 남편을 사랑하기로 마음먹으면서 가정을 지켜낼 수 있었다. 행복은 마음먹기에 달려있다. 만약 결혼했는데 남편이 이유 없이 밉고 싫어진다면 마음을 살짝 바꿔 그냥 이유 없이 사랑해보는 것은 어떨까. 짜증내고 화낼 일도 조금만 참고 모른 척 눈감아주기. 그리고 은근슬쩍 맛있는 반찬을 하나 더 챙겨주는 것. 그러면서 좋아하는 남편이 귀여워질 수도 있고 같이 늙어가는 남편이 불쌍해 보일 수도 있다. 부부는 나이 들어가면서 애정보다는 전우애로 산다는 말도 있지 않은가.

부부가 서로 생각이 다르고 생활 습관이 다르다고 그것을 핑계 삼아 자꾸 미움의 저금통장을 쌓다 보면 마음도 감정도 피폐해지고 삶도 삭막해진다. 남편을 미워했을 뿐인데 내 삶이 불행해지는 것이다. 나의 몸과 마음의 건강과 행복을 위해서도 남편을 한번 사랑해보는 것도 괜찮을 듯하다. 적어도 눈 한번 질끈 감고 사랑해보고 그래도 도저히 안 될 것 같으면 황혼 이혼이라는 새로운 장르에 도전해보는 것도 괜찮을 듯싶다.

자, 우리 남편의 장점이 뭐더라? 기억이 잘 안 나지만 애써 찾아봐야겠다. 뭐가 이쁘더라? 그것도 잘 모르겠지만 이쁜 구석을 또 찾아봐야지.

살림력을 키우자

병원에서 순서를 기다리며 잡지를 이리저리 뒤적이다 쌈박한 문장을 발견했다.

'살림력을 키우자!'

어라, 살림력이라고? 참 재미있는 말이군! 마침 자취생활을 시작한 딸에게 살림살이에 관한 이야기를 해주고 싶었던 참이었다. 잡지에서 소개한 책을 퇴근길에 도서관에 들러 바로 빌려왔다. 책의 제목은《지금은 살림력을 키울 시간입니다》였다. 첫 구절부터 마음에 들었다.

'문해력, 수리력, 암기력, 추리력… 다 좋은데요. 삶의 기본은? 나와 우리를 살리고 돌보는 힘, 살림력!'

살림의 어원은 '살린다'라고 한다. 즉 살림살이는 사람을 살리고 돌보는 일이다. 살림살이에는 설거지, 청소, 빨래와 같은 자잘한 일상생활이 포함된다. 흔히 무슨 일을 하다가 안 되면 살림이나 살까 보다 하고 한숨 지으며 말한다. 이것은 살림을 비하하는 표현이다. 누구나 살림을 살고 있다. 즉 누구나 밥을 짓고 청소하고 빨래하면서 살고 있다. 아무나 하기에 살림이 만만해 보이지만 절대로 만만하거나 하찮은 일이 아니다. 왜냐고? 사람을 살리고 돌보는 일이기 때문이다.

나를 정성스럽게 돌보고 대접하는 힘

아침에 일어나서 이부자리를 정리하는 사람은 80%가 성공한다는 것을 어느 글에서 읽은 적이 있다. 하루를 이부자리 정리하는 것으로 시작하면서 나의 공간에 대한 예의를 갖추는 것이다. "까짓거 이부자리 정리 좀 안 하면 어떠냐? 밤에 또 자러 갈 건데. 정리해본들 무슨 소용이냐?" 이렇게 반문할 수도 있다. 그러나 나의 공간을 깨끗하고 반듯하게 정리하면서 절도 있게 하루를 시작하는 사람과 일어나서 이불을 아무렇게나 내팽개치고 허둥지둥 옷을 주워입고 나가면서 정신없이 하루를 시작하는 사람 사이에는 분명한 차이가 존재한다.

나의 일상을 반듯하게 유지하고 나의 물건과 공간에 대한 예의를 다하면서 삶에 대한 태도도 점점 변하게 된다. 더욱 진지하게 작은 것도 소중하게 대하다 보면 소소한 일상이 소중해지고 그러다 보면 나의 삶도 소중해지기 마련이다. 금정연 작가는 '일상이 망가져서 자질구레한 일들을 방치하는 게 아니다. 자질구레한 일들을 방치해서 일상이 망가지는 것이다.'라고 했는데 백번 옳은 말이다.

외출했다가 집에 돌아왔을 때 집이 깨끗하게 정리되어 있고, 아침에 자고 일어났는데 싱크대가 깨끗하면 덩달아 나의 기분도 상쾌해진다. 반복되는 일상이라고 조금만 무시했다간 바로 우울증과 무력감 같은 복수의 시그널을 맞이하게 된다. 나의 일상은 그만큼 힘이 세고, 마음과 몸 건강에 끼치는 영향력이 막대하다. 살림력을 쓴 저자들은 하나같이 어릴 때는 부모님이 다 해주셔서 몰랐다가 막상 혼자 살게 되면서 자신을 돌보는 살림의 중요성을 깨달았다고 한다. 살림에는 설거지, 청소, 빨래만 있는 것이 아니다. 기록하고 정리하고 분류하는 일도 포함된다.

새로 입주하는 아파트로 이사 가면서 입주용품을 큰 쇼핑백에 한가득 받았다. 그 안에는 아파트 안에 설치되어 있는 각종 전자제품 설명서와 여분의 부품들이 잔뜩 들어 있었다. 마침 집에 두꺼운 파일이 있어서 차곡차곡 정리했다. 그 외에도 각종 계약서와 영수증들도 모두 깔끔하게 정리하니 파일이 빈자리 없이 빼곡하게 채워졌다. 이렇게 각종 계약서와 영수증을 정리하는 데만 하루가 꼬박 걸렸다. 살림을 살기 위해서는 이렇게 정리하고 분류하는 것도 필요하다. 살림은 내가 삶의 주인이 되고 나의 일상을 내가 조종하는 것이다. 나의 수입과 지출을 기록하고 내가 사용하는 제품들의 사용법을 체크하면서 모든 것을 나의 바운더리 안에서 컨트롤할 수 있게 된다.

살림은 나와 우리를 살리는 길

아버지는 정리의 달인이셨다. 매일 배달되는 신문을 직접 만든 신문대에 반듯하게 꽂아서 읽으시고 보관하셨다. 책상 서랍은 한 치의 빈틈도 없이 정갈하게 정리되어 있었고, 각종 영수증과 문서는 각각의 파일에 차곡차곡 모아 놓으셨다. 아버지의 눈높이에 한참 못 미치는 나는 항상 털팔이였다. 신발도 아무렇게나 툭툭 벗어던졌고 청소는 젬병이었다. 그랬던 내가 요즘에는 점점 아버지를 닮아가고 있다. 젊었을 때는 아버지의 꼼꼼함과 철두철미함이 숨이 막힐 지경이었는데 지금 생각해보니 아버지는 살림을 사셨던 것이다. 자신의 일상과 주변을 소중하고 정갈하게 대하셨던 것이다.

이처럼 나와 우리를 살리는 살림에 관해서 아무도 가르쳐주는 사람이 없었다. 누구나 하는 것이기에 별로 중요하게 생각하지 않기 때문이다. 문해력과 수리력을 기르기 위해서는 학원까지 다니면서 열심히 노력하지만 정작 삶에 가장 필요한 살림력을 기르기 위해서는 노력을 거의 하지 않는다. 그래도 요즘에는 정리를 전문으로 하는 컨설팅업체도 생겨났다. 무엇이든 필요성을 느끼고 배우면 고수나 달인은 못 되어도 어느 정도 수준까지는 할 수 있다.

삶의 가장 기본이 되는 청소, 빨래, 설거지, 분류와 정리 등을 잘하려고 들면 한도 끝도 없겠지만 나를 살리는 가장 중요한 일이기에 가볍게 여기지 말고 무시하지도 말자! 그랬다간 일상이 흐트러지면서 나의 몸과 마음까지 어수선해진다.

슬슬 무기력해지기 시작하고 꼼짝도 하기 싫은 게으름병이 도지다 심해지면 우울증까지 스멀스멀 올라온다. 집 청소와 설거지만으로도 각각 100칼로리를 소비할 수 있다고 한다. 살림도 하면서 다이어트까지! 일석이조의 생활 비법이다.

혹시 내가 슈드비 콤플렉스?

외모 콤플렉스, 학력 콤플렉스, 오이디푸스 콤플렉스, 엘렉트라 콤플렉스 등 콤플렉스의 종류가 넘쳐난다. 잡지를 읽다가 신종 콤플렉스를 또 발견했다. 이름하여 바로 '슈드비 콤플렉스'이다. 영어 동사인 슈드(Should)는 '반드시 무엇을 해야 한다'라는 뜻이다. 여기에 '~하다'의 뜻인 비(Be)를 붙여 새로운 콤플렉스 이름을 만들어냈다.

'슈드비 콤플렉스'는 독일의 정신분석학자 카렌 호르나이가 정립한 개념으로, 자연스럽게 살지 못하고 언제나 '무엇인가를 해야 한다'는 강박관념에 사로잡힌 상태를 말한다. 퇴근 후에도 영어를 배우고 운동을 하고 악기를 배우는 등 정해진 일 이외에 무언가를 하면서 시간을 보내는 것이다. 이는 유독 부지런한 한국인에게 많이 나타난다고 한다. 슈드비 콤플렉스는 자기 자신으로 살지 못하고 '언제나 이러이러해야 한다'는 강박에 시달리는 상태로 사회복지사, 교사 등 상대적으로 사회적

기대치가 높은 직업군에서 두드러지는 경향을 보인다.[1]

지금 생각해보면 나는 전형적인 슈드비 콤플렉스 환자였다. 새벽에 일어나서 영어회화 학원에 다니고 퇴근하고 나서는 피아노를 배웠다. 웃기는 것은 여행하면서도 바깥의 좋은 경치를 음미하는 것이 아니라 책을 읽거나 영어를 번역했다. 아무것도 안 하고 있을 때는 불안했다. 내가 무언가를 해야 하는데 가만히 있으니 시간을 죽이는 것 같은 이유 모를 죄책감까지 들었다. 늘 무언가를 했고 항상 바빴다. 무언가에 쫓기듯이 살았다. 지금 생각해보면 다 부질없는 일들이다.

'해야 하는 일'보다는 '하고 싶은 일'

슈드비 콤플렉스에 빠진 사람들은 '하고 싶은 일'보다는 반드시 '해야 하는 일'을 삶의 중심에 놓고 생각하므로 장난감 병정처럼 앞으로 나아가야만 비로소 발 뻗고 잠을 잘 수 있다. 남들이 세워 놓은 공식을 검증 없이 받아들이고, 남들이 세워놓은 기준과 비교해 자신이 그 기준에 충족하지 않으면 자신을 실패한 사람으로 여긴다.[2]

나 역시도 남들이 세워 놓은 기준을 충족시키기 위해 나의 시간과 노력을 다 쏟아부었다. 그러면서도 전혀 행복하지 않았다. 잠자는 시간을

1 The-K Magazine, 2022.4월호, 36~37쪽

2 The-K Magazine, 2022.4월호, 36~37쪽

쪼개어 영어 공부를 해봤지만 실력은 금방 늘지 않고 나보다 영어를 잘하는 사람들은 넘쳐났다.

세상의 기준 즉 남들이 세워 놓은 기준은 마치 사막의 신기루 같다. 다 온 것 같은데 또 저만큼 멀어져 있다. 또 열심히 노력해서 앞으로 나아가 보지만 또 저 멀리 달아나 있다. 그래서 결국에는 탈진하고 만다. 남들이 세워 놓은 기준과 남들이 나를 어떻게 생각할지는 지금 생각해 보면 하나도 중요하지 않다. 내가 행복한지, 내가 진정 무엇을 원하는지가 더 중요한 것이었다.

살아보니 속도가 중요한 것이 아니라 과정이 중요함을 깨닫는다. 남들보다 더 빨리 어떤 고지에 도달하고 무언가를 이뤄내는 것이 중요한 것이 아니었다. 슈드비 콤플렉스에 빠져 내가 무엇을 하는지도 모르고 남들에게 인정받기 위해 정신없이 앞만 보고 달리다가는 강제 브레이크에 걸려 넘어질 수밖에 없다. 그보다는 내가 진정으로 좋아하는 것을 찾아 천천히 과정을 음미하면서 하나씩 쌓아가다 보면 어느새 어떤 경지에 도달한 나를 발견할 수 있을 것이다. 입맛을 자극하는 달달한 인스턴트 음료수를 벌컥벌컥 마시는 것이 아니라 몇 번의 우려냄과 기다림 끝에 얻어낸 따뜻한 차를 천천히 음미하듯이 그렇게 무언가를 해야 한다. 속도는 조금 늦어질지 몰라도 은근과 끈기로 값진 보물을 얻을 수 있다.

남보다는 나를 만족시키는 일

학창 시절에 선생님과 부모님에게 착한 아이로 인정받기 위해 열심히 노력하는 모범생들이 슈드비 콤플렉스에 걸리기 쉬운 듯하다. 선생님과 부모님을 비롯한 어른들에게 인정받기 위해 열심히 공부하고 부지런하게 사는 것이 꼭 나쁘다고는 할 수 없다. 그러나 그것이 성인이 되어서도 지속된다는 것이 문제의 핵심이다. 학창 시절과 같은 청소년기에는 아직 나의 정체성이 완전하게 확립되기 전이라 기성세대가 정해놓은 기준을 따라 열심히 노력하는 것이 더욱 바람직할 수 있다. 하지만 이러한 행동을 성인이 된 이후에도 답습하는 것은 고려해 봐야 할 소지가 있다.

슈드비 콤플렉스를 벗어나기 위해서는 내가 진정 무엇을 원하는지를 찾는 치열한 과정이 필요하다. 내가 무엇을 할 때 행복한지? 나는 과연 무엇을 원하는지? 내가 원하는 것이기에 아무도 대신 답해줄 수가 없다. 오로지 고독한 시간을 감내하면서 나의 내면과의 고군분투를 통해서만 얻을 수 있다. 내가 앞만 보고 열심히 직진하다 암이라는 강제 브레이크에 걸려 넘어졌을 때 의사 선생님께 이렇게 물었다.

"저는 이제 무엇을 하면서 살아야 할까요?"

의사 선생님은 이렇게 대답해주셨다.

"간절히 답을 원하면 TV를 보다가도 책을 읽다가도 문득 생각이 날 겁니다. 바로 그걸 하세요!"

간절히 바라고 구하면 아이러니하게도 일상생활을 하는 도중 툭 하고 우연히 그 해답을 얻는다. 문제는 내가 그것을 얼마나 간절히 바라고 원하느냐이다. 내가 간절히 바라고 원할 때 답은 어디선가 나에게 나타난다. '나는 무엇을 원하지? 나는 어떻게 살아야 하지? 내가 진정 원하는 삶은 어떤 것이지?' 이것이 바로 철학의 시작이다. 나의 존재의 이유를 탐색하는 것! 소유가 아닌 나의 존재의 이유를 찾는 것! 간절히 바란다. 나의 존재의 이유가 무엇인지를 알아내기를!

아빠, 이제 열심히 안 살래요!

급하게 수술을 하신 친정아버지의 병원비를 조금 부쳐드리고 문자를 드렸더니 답장이 왔다.

'그래, 잘 받았다. 항상 건강에 유의하고 열심히 살아라.'

이제까지는 아무렇지도 않았던 '열심히 살아라'라는 말에 왠지 가슴이 콱 조여왔다.

수술하신 후 어떻게 지내시는지 염려가 되어 주말에 안부 전화를 드렸다. 친정아버지는 잘 지낸다고 하시면서 또 전화 말미에 이렇게 당부하셨다.

"열심히 해라. 열심히 살아!"

겉으로는 "네!"하고 무심하게 대답했지만 속으로는 다른 심사였다.

'아빠, 저 이제 열심히 안 살 거예요!'

나이 오십이 되어 가만히 나의 생을 되돌아보니 너무 열심히 살아왔다. 아무런 생각도 없이 무작정 달려왔다. 눈 양옆을 가리고 달리는 경주마처럼 앞으로만 돌진해온 삶이었다. 무엇이 소중한지, 진정 무엇을 원하는지 내면의 목소리를 등한시한 채로. 왜 공부해야 하는지에 대한 진지한 생각도 없이 그냥 남들이 다 하니까, 안 하면 안 되니까 할 수 없이 공부하고 학교를 졸업했다. 대학을 졸업하고는 또 열심히 직장생활을 했다. 남들이 세워 놓은 기준에 맞추기 위해서 열심히 대학원을 다니고 젊은 나이에 학위를 두 개나 땄다. 결혼해서는 애들을 최선을 다해서 키웠다. 워킹맘이지만 두 돌이 지나도록 모유 수유를 했고 천기저귀를 썼으며 매일 출근하기 전에 유기농 재료로 이유식을 만들었다.

지금 생각해보면 대충대충 살아도 될 일이었다. 그렇게 학위를 따지 않아도 승진하고 출세하는 사람들은 다 하게 되어 있었다. 오히려 이른 나이에 딴 학위가 다른 사람들의 질시로 걸림돌이 되기도 했다. 그렇게 악을 쓰면서 아이들을 키우지 않았어도 아이들은 건강하고 더 둥글둥글하게 자랐을 것 같기도 하다.

이렇게 나 자신을 돌보지 않고 경주마처럼 앞만 보고 열심히 산 대가로 암이라는 중병을 얻었다. 딸의 이런 속내를 모르는 친정아버지는 또 열심히 살 것을 주문하신다. 그러나 이제는 나도 나이 오십이니 아빠의 말을 좀 거슬러야겠다. 이제는 옛날처럼 남들에게 좋아 보이는 겉치레의 기준을 충족시키기 위해 열심히 살지 않을 생각이다. 아무 생각 없이 무작정 남들이 좇는 명예와 지위를 잡기 위해 열심히 살지 않을 것이다. 나 자신의 내면의 목소리에 귀 기울이고 나 자신이 진정으로 원하는 것이 무엇인지 알아내고 그것을 할 것이다.

그러고 보면 요즘 젊은이들은 참으로 현명하다. 자신이 무엇을 원하고 무엇을 원하지 않는지 정확히 잘 알고 있다. 그들의 판단의 기준은 남들에게 어떻게 보일까가 아닌 나 자신이며, 나 자신을 존중하고 아낄 줄도 안다. 내가 싫으면 아무리 높은 경쟁률을 뚫고 들어간 공무원도 때려치우는 요즘 젊은이들이 부럽기도 하고 그런 용기를 배우고 싶기도 하다. 이런 용기와 자신감은 자신을 진정으로 사랑하고 존중할 줄 아는 자존감에서 나온다는 것을 잘 알고 있다. 우선 나 자신을 사랑하면서 무엇을 원하는지 살피고 나를 애지중지하면서 살고 싶다.

아빠! 이제 더는 세상의 기준을 충족시키기 위해 열심히 살지 않을 거예요! 나 자신을 돌볼 거예요!

나 자신에게 친절하기

일이 잘못되었을 때 “내가 하는 일이 다 그렇지 뭐.”라고 말하는 소리를 들을 때마다 가슴 한편이 아려온다. 겉으로는 아무런 내색도 하지 않지만 그렇게 말하는 사람을 데리고 둘만 있는 장소로 가서 이렇게 말해 주고 싶다.

“그렇게 말하지 마세요. 일이 잘못된 것은 당신 탓이 아니랍니다. 너무 자책하지 마세요.”

조그만 실수에도 자신을 책망하는 사람의 앞날이 조금은 걱정스럽고 염려스럽다. 앞으로 더 큰 일을 맞닥뜨렸을 때는 어떻게 그 험난한 산을 넘어갈까?

성당에서 미사를 볼 때마다 주먹으로 가슴을 치면서 꼭 읊는 구절이 있다.

'내 탓이요, 내 탓이요, 내 큰 탓이로소이다.'

신자로서 의무를 다하지 않은 것, 남을 원망한 것, 가정이 원만하지 않은 것, 일이 잘되지 않는 것 등을 내 탓이라고 여기면서 하느님께 잘못을 빈다. 그래서 천주교 신자들의 특성은 일이 잘못되었을 때 남 탓을 하기보다는 우선 자기 탓을 한다고 한다. 나 자신의 심신이 건강할 때는 모든 잘못을 내 탓으로 돌리는 것이 더 홀가분하고 억울하지 않다. 그러나 내 마음이 소진되었을 때는 모든 것을 내 탓으로 돌리는 것은 독이 될 수도 있다.

우리나라에서는 '겸손'을 큰 미덕으로 삼고 있다. 그래서 칭찬을 받거나 일이 잘되어 추켜세움을 받을 때 늘 이렇게 반응한다.

"아닙니다. 제가 한 게 뭐 있나요?"

사극을 볼 때도 "미천한 제가 감히 어찌 이런 일을!"이라는 대사가 곧잘 등장한다. 우리는 어렸을 적부터 자신을 되도록 낮춰서 겸손해하는 태도를 강요받았다. 누가 내 외모를 칭찬해도 "아유, 아닙니다." 이렇게 대답하는 것이 예의 바른 태도라고 배웠다. 이 때문인지는 몰라도 우리는 점점 나 자신에게 너무 불친절해지는 것 같다. 다른 사람의 비위를 맞추고 친절하다 보니 너무 나 자신을 학대하는 것 같다. 모든 것이 내 잘못은 아닌데 말이다.

착한 아이 증후군

김완 작가의 《죽은 자의 집 청소》에는 이런 가슴 아픈 이야기가 나온다.

'건물 청소를 하는 이가 전하는 그녀는 너무나 착한 사람이었다. (중략) 억울함과 비통함이 쌓이고 쌓여도 타인에게는 싫은 소리 한마디 못하고, 남에겐 화살 하나 겨누지 못하고 도리어 자기 자신을 향해 과녁을 되돌려 쏘았을지도 모른다. 자신을 죽일 도구마저 끝내 분리해서 버린 그 착하고 바른 심성을 왜 자기 자신에겐 돌려주지 못했을까? 왜 자신에게만은 친절한 사람이 되지 못했을까? 오히려 그 바른 마음이 날카로운 바늘이자 강박이 되어 그녀를 부단히 찔러 온 것은 아닐까?'

'착한 아이 증후군'은 어른이 되어서도 자신의 감정을 솔직히 표현하지 못하고, 타인에게 착한 사람으로 남기 위해 욕구나 소망을 억압하면서 지나치게 노력하는 것을 말한다. 이야기에 나온 착한 아가씨도 남에게는 너무나 착하고 예의 바른 사람이었지만 자신에게는 너무도 불친절했다. 우리도 타인 앞에서 착해지기 위해 정작 나 자신을 홀대할 때가 많다. 식구들을 위해서는 바지런을 떨며 반찬을 만들지만 자신을 위해서는 요리하는 것이 귀찮기만 해서 빵 쪼가리로 끼니를 때운다. 학생들과 직장 사람들에게는 폭풍 칭찬을 하지만 나 자신에게는 칭찬을 해 본 적이 있기는 하나? 기억이 가물가물하다.

착한 아이 증후군의 증세는 우선, 언제나 밝고 명랑하다는 것이다.

화가 나거나 짜증이 나더라도 자신의 감정을 겉으로 드러내지 않는다.

둘째, 작은 것도 양보하기 위해 노력한다. 다른 사람의 부탁을 거절하지 못하고 싫어하는 티를 내지 못한다.

셋째, 자신이 잘못하지 않은 일에도 사과한다.

넷째, 규칙을 지키기 위해 과도하게 노력한다.

이 모든 행동의 궁극적인 이유는 다른 사람들에게 버림받을지도 모른다는 두려움 때문이다.[1] 그래서 타인에게 나의 불쾌한 감정을 내색하지도 못하고, 항상 웃고 다니고, 모든 잘못은 내 탓으로 돌리며, 과도하게 규칙과 명령에 복종한다. 증세를 적다 보니 내 이야기 같기도 하다.

스스로 칭찬하기

교류분석 심리학자 에릭 번은 모든 인간은 어루만짐(Being touched)을 받고 인정받고자(Being recognized) 하는 생물적·심리적 욕구를 갖는다고 설명했다. 신체적 접촉을 포함해 따스한 말 한마디, 관심 있게 바라보는 눈빛과 같은 긍정적인 교류는 심리적 필수영양소라고 할 수 있으며, 정서적으로 건강한 사람으로 살아가도록 도와주는 역할을 한다고 한다. 이렇게 따뜻한 시선으로 자신을 바라봐주는 역할을 하는 사람을 타인이 아닌 나 자신으로 설정해보는 것은 어떨까?[2]

1 네이버 지식백과 참조

2 The-K, 2022.5월호 참조

온종일 다른 사람들의 비위를 맞추거나 규칙을 지키느라 애쓴 나 자신을 위해 잠자기 전 나를 쓰다듬어 주면서 이렇게 말해주는 것이다.

"오늘도 수고했어. 정말 대단해! 어떻게 그런 일을 할 수가 있어? 정말 많이 참았어! 다른 사람들은 그렇게 하지 못했을 거야! 너니까 할 수 있었던 거야!"

슬프거나 억울한 일을 당한 친구에게 건네주었던 위로의 말을 나 자신에게 건네주는 것이다. 혹은 장한 일을 해낸 아이에게 해주었던 칭찬과 격려의 말을 나 자신에게 해주는 것이다. 나 자신에게 하는 칭찬이니 매일 해줄 수 있고, 혼자 있을 때 한다면 낯 간지러울 필요도 없다.

이것 말고도 소소한 목표를 정하고 이것을 달성한 나 자신에게 선물을 주는 방법도 있다. 열흘 동안 간헐적 단식을 해서 몸무게가 2kg 줄었다면 나에게 당장 선물을 주는 것이다. 선물은 내가 주는 것이므로 물론 내 마음대로 고를 수 있다. 치팅데이는 어떨까? 또 일주일 동안 빠지지 않고 운동을 꾸준히 한 나에게 선물을 주는 것이다. 이때는 평소 갖고 싶었던 액세서리를 나에게 사주는 걸로 말이다. 나 자신에게 선물 받을 생각만 해도 벌써 즐거워진다. 나는 글을 매일 쓰고 10편이 모일 때마다 나에게 선물을 줘야겠다. 무슨 선물을 받지? 생각만 해도 입꼬리가 올라간다.

자존심과 자존감은 종이 한 장 차이

"우리가 돈이 없지 가오가 없냐?" 영화 〈베테랑〉의 명대사이다. 이 말은 별이 되어 우리 곁을 떠난 배우 강수연이 평소 사석에서 영화인들을 챙겨주며 자주 하던 말이라고 한다. '가오'는 폼잡고 허세 부린다는 일본어인데, 강수연은 이 말을 하면서 '우리가 돈은 없지만 영화인으로서 자존심은 지키자'라는 의미로 했을 것이다. 실제로 강수연은 한국 영화의 발전을 위해 연기뿐만 아니라 국내 영화제 부흥에도 힘써 영화인들의 자존심을 높였고 한국 영화의 위상도 세계적인 수준으로 끌어올려 놓았다.

누구에게나 자존심은 있다. '지렁이도 밟으면 꿈틀한다.'라는 속담이 말하듯이 누군가의 마지막 보루인 자존심을 건드릴 때는 큰 경을 치를 각오를 해야 한다. 최근 화제가 된 드라마 〈파친코〉의 주인공 선자의 자존심도 만만치 않다. 한수가 자기 아들을 낳아주는 대가로 엄마와 함께 살 수 있는 큰 집과 재산을 약속했지만 평생을 첩으로 살아야 한다는 사실을 알고는 바로 거절했다. 가난을 벗어날 수는 있었지만 옳은 길이 아니라고 생각한 것이다. 자신의 자존심을 지키기 위해 안락하고 부유한 삶을 내팽개치고 생면부지의 오사카행이라는 험난한 길을 선택했다.

자존심은 타인으로부터의 인정

자존심의 사전적 의미는 '남에게 굽히지 아니하고 자신의 품위를 스스로 지키는 마음'이다. 우리 민족은 한민족이라는 자존심 하나로 일제강점기에도 우리 글과 말을 잃어버리지 않고 지킬 수 있었다. 하지만 자존심을 너무 내세우다 보면 역효과를 낼 때도 많다. 사랑하는 연인 사이에서도 사소한 말다툼을 하면서 서로 자존심을 내세우다 보면 이별의 아픔을 맞이하기도 한다. 자신이 잘못한 것을 알면서도 자존심 때문에 잘못을 인정하지 않는다면 고집불통으로 낙인찍히고 최악의 경우 왕따가 될 수도 있다. 자존심은 나의 존재 가치를 인정해주는 꼭 필요한 심리기제이지만 과도하게 지키려다 친구도 연인도 동료도 잃어버리는 수가 있다.

자존심은 나 자신이 나 스스로를 높이려는 마음이지만 철저하게 타인 중심이어서 타인의 인정과 평가에 그 기반을 두고 있다. 배기선 수녀는 자존심이 강한 사람들은 '주변 사람들의 가벼운 평가에도 울고 웃으며, 다른 사람의 인정을 받기 위해 무진 애를 쓰거나 성과에 연연하며, 자신이 다른 사람보다 낫다는 것을 증명하기 위해 끊임없이 자신의 업적을 과시하거나 상대방의 실수를 지적하는' 특징이 있다고 한다. 자신을 높이기 위해 자신을 과대포장하고 대신 다른 사람들은 가차 없이 깎아내리는 방법을 통해서 자신을 높인다는 것이다. 입만 열면 자기 자랑 혹은 자식 자랑을 하는 사람들이 있는데, 이러한 사람들의 마음 깊은 곳에는 다른 사람들에게 인정받고 싶어하는 마음과 열등감이 도사리고 있다.

둘째 딸이 회식 자리에 갔다가 질린 이야기를 해주었다. 남자 동료 직원이 회식 내내 자기 자랑 비슷한 말만 늘어놓았다는 것이다. 겉으로는 열심히 들어주는 척했지만 다시는 그 사람과 말을 섞고 싶지 않다고 했다. 이처럼 과도한 자존심은 다른 사람을 질리게 한다.

자존감은 자신으로부터의 인정

자존감은 나 자신을 존중하고 높이려는 마음이라는 점에서는 자존심과 비슷하다. 하지만 자존감은 타인이 아닌 나 자신에 그 뿌리를 두고 있다. 자존감이 높은 사람은 타인의 시선에 연연하지 않고 다른 사람들이 나를 어떻게 생각하고 평가하는지에 별 관심이 없다. 그들은 오로지 나 자신의 기쁨과 충족감, 만족감을 더 중시한다. 자존심이 센 사람은 다른 사람들의 평가에 울고 웃는 팔랑개비라면 자존감이 높은 사람은 다른 사람들의 시선에서 자유로운 우직한 바윗돌이다. 남이 어떻게 보든 나만 좋으면 그뿐이다. 그러니 출세나 부 같은 기준에서 자유롭다. 모든 판단의 중심이 오로지 나 자신이기 때문이다.

한 교감 선생님의 말이 기억에 남는다. 학부모가 선생님에 관한 민원을 넣으면 무조건 이렇게 말한다고 한다.

"다 제 불찰입니다. 제가 선생님들을 잘못 관리했습니다. 죄송합니다."

이렇게 선수를 쳐서 자신의 잘못을 인정하고 들어가면 아무리 화가 나서 전화를 한 학부모도 한풀 기가 꺾이면서 원만하게 해결되더라는 노하우를 알려주셨다. 아마도 자존심이 센 사람이라면 이렇게 자신의 잘못을 먼저 인정하기는 쉽지 않을 것이다. 내면에 뿌리 박힌 든든한 자존감이 있기에 가능한 일이다. 나의 내면에 나에 대한 확신과 강한 자긍심이 있으므로 자신의 장점과 단점을 객관적으로 바라보고 투명하게 드러낼 수 있다. 이런 높은 자존감으로 먼저 자신의 잘못을 떳떳하게 고백하고 인정할 수 있었으리라.

한 연수에서 강사는 핀란드와 우리나라의 교육을 비교하면서 차이점을 제시했다. 핀란드에서는 장관이나 정치인 같은 높은 지위를 가진 사람들이 자신의 잘못을 인정하고 사과를 하는데, 한두 사람에 그치는 것이 아니라 전반적인 사회 분위기가 그렇다고 했다. 정책이 잘못되었음이 명명백백하게 드러났는데도 책임자는 미꾸라지처럼 빠져나가고 그 피해는 고스란히 국민에게 돌아가는 우리나라의 현실과 비교했을 때 가히 충격적인 사실이었다. 핀란드 사람들은 자신의 잘못을 공개적으로 인정하고 사과할 수 있는 높은 자존감을 가지고 있는 셈이다. 선거 때마다 자존심보다는 자존감이 높은 정치인을 뽑고 싶은데 자존감이 높은 사람을 어떻게 구별해내야 할지 난감하다.

즐겁게 살자!

새해가 되면 내가 이루고 싶은 목표를 10가지 정도 적어본다. 이렇게 내가 원하는 목표를 적었을 때와 적지 않았을 때 그 달성도는 확연히 차이가 난다. 실제로 새해 벽두에 자신의 희망 사항을 10가지 적은 사람은 적어도 7개 정도는 실천한다. 확실히 자신이 무엇을 원하는지 어떤 일을 하고 싶은지 생각해보는 시간을 갖고 그것을 문서화하는 힘은 생각보다 크다. 그리고 그 리스트를 매일 읽는다면 그 힘은 배가 될 것이다. 매일 읽는 활동을 통해 자기암시를 하면서 자신이 원하는 바를 무의식적으로 혹은 의식적으로 노력하게 될 테니까.

더 나아가 내가 죽기 전에 꼭 해야 할 일이나 해보고 싶은 일을 적어보는 버킷리스트도 중요하다. 버킷리스트는 '킥 더 버킷(Kick the Bucket)'에서 유래했다고 한다. 중세시대 자살할 때 목에 밧줄을 감고 양동이를 차 버리는 행위에서 유래되었단다. 흔하게 쓰던 말에 이런 무시무시한 어원이 있을 줄이야. 그만큼 간절하다는 뜻일 것이다.

한때 자신이 꼭 해보고 싶은 버킷리스트를 적고 이것을 다른 사람들과 공유하는 것이 유행했던 적이 있었다. 나는 패션과 맛집 유행에는 민감한 편이지만 이런 유행에는 둔감하다. 단 한 번도 죽기 전에 꼭 해보고 싶은 버킷리스트를 작성해본 적이 없다. 그냥 아무 생각 없이, 내가 무엇을 원하는지, 무엇을 하고 싶은지 진지하게 고민하는 시간 없이 오십 평생을 넘게 살아왔다.

인생 별거 없다, 그냥 재미있게 살아라!

내가 읽은 수필의 작가들은 모두 한결같이 즐겁고 재미있게 살기를 권한다. 《딸에게 보내는 심리학 편지》를 쓴 한성희 작가는 '인생 별거 없다, 그냥 재미있게 살아라'라고 주문한다. 《멈추면, 비로소 보이는 것들》에서 혜민 스님은 삶은 즉흥 재즈 음악과도 같다고 하면서 내가 하고 싶었던 일을 적어보고 하나씩 실천하면서 재미있게 살자고 권한다.

머릿속에는 하고 싶은 것들이 많았는데 한 번도 적어 본 적이 없다. 그냥 막연히 TV를 보다가 경치가 좋은 곳이 나오거나 맛집이 나오면 저기 한 번 가보고 싶다고 생각만 하는 정도. 이제 나도 생각한 것을 한 번 적어볼까?

가장 하고 싶은 일은 여행이다. 해외여행을 아주 편하게 다녀올 수 있는 기회가 종종 있었다. 그럴 때마다 이 핑계 저 핑계를 대면서 떠나기를 주저하였고 결국엔 주저앉아 버렸다. 다음에 가면 되지 그렇게 생각하면서 좋은 여행 기회를 미루었다. 한번은 남편이 중국에 파견 근무를 가면서 여행할 기회가 생겼었다. 남편은 중국에 빨리 오라고 성화를 부렸지만 그때는 둘째가 갓난아기라 선뜻 마음이 내키지 않았다. 코로나가 터지기 직전에는 큰애가 체코로 교환학생을 가면서 동유럽을 여행할 수 있는 정말 좋은 기회가 있었는데 그때도 생각조차 나지 않는 이유로 가지 못했다. 그때도 '다음에 가면 되지' 하고 주저앉아 버렸다. 그러다가 생각지도 못한 코로나가 발생하면서 전 세계인의 발이 묶여 버렸다.

후회가 된다. 갈 수 있을 때 갔었어야 했다. 지금 가려면 배 이상의 경비와 수고를 들여도 갈 수 있을지 없을지 확신조차 할 수 없다. 그래서 올해 여름에는 죽마고우가 살고 있는 동경에 한번 다녀오려고 한다. 친구가 일본 현지인과 결혼하면서 동경에 산 지가 벌써 30년 가까이 되어 간다. 결혼할 때부터 동경에 한번 놀러 오라는 것을 한 해 두 해 미루다 보니 어느새 30년이 흘러가 버렸다. 무엇이 그리 바쁘고 힘들었는지. 아마도 마음의 여유가 없어서일 것이다. 또 막상 가려니 핑곗거리가 자꾸 생겨난다. 남편 눈치도 봐야 하고, 고등학생인 막내딸도 눈에 밟힌다. 친구는 마음먹었을 때 와야 한다면서 빨리 비행기표부터 끊으라고 성화다.

버킷리스트 만들기

오늘 도서관에서 신간 도서를 살피다 눈에 띄는 책을 발견했는데, 장은정의《하루쯤 나 혼자 어디라도 가야겠다》였다. 작가는 엄마라는 굴레와 직장인이라는 무거운 책임감의 보이지 않는 족쇄에 손발이 묶여 마음대로 여행 한번 다녀올 수 있는 여유가 없었다고 한다. 세 아이의 엄마, 직장인이라는 직함을 훌훌 벗어버린 채 하루쯤 혼자서 나 자신만을 위한 여행을 훌쩍 떠나보는 건 어떨까. 책에 나온 1인 최적 맛집과 카페 그리고 아름다운 풍경 사진만 봐도 힐링이 된다.

엄마로 워킹우먼으로 오십 평생을 살면서 내가 진정 무엇을 원하는지 무엇을 하고 싶은지 생각해볼 여유가 없었다. 다른 일이라면 이렇게 생각만 하면서 미루며 살았을까? 학교 숙제였다면 금방 버킷리스트 10가지를 뚝딱 써 내려가지 않았을까? 직장의 업무 지시 사항이라면 주저하지 않고 써 내려갔을 것이다. 단지 나를 위한 일이기에, 아무도 책임을 묻지 않는 나의 일이기에 나 자신에게 무엇을 원하고 무엇을 하고 싶은지 한 번도 진지하게 물어본 적이 없다.

우선 올여름에는 동경에 사는 친구네 집을 다녀와야겠다. 그다음으로는 글을 열심히 써서 책을 내고 싶다. 그리고 기회가 된다면 나와 비슷한 고통과 아픔을 겪고 있는 엄마들을 위로해주는 강연도 다니고 싶다. 퇴직 후에는 아이들에게 재미난 이야기를 들려주는 동화 할머니에도 도전해보고 싶다. 그리고 하루쯤 나 혼자 어디라도 훌쩍 떠나보고 싶다. 한 달에 한 번 정도? 아니면 일 년에 한 번이라도.

내가 시간 여행자가 된다면

영화 〈어바웃 타임〉의 주인공 팀의 가문에는 놀라운 능력이 대대로 전수된다. 그것은 시간을 되돌릴 수 있는 능력이다. 시간을 되돌려 사랑하는 여인과 결혼에 골인하고 자녀의 성별까지 마음대로 조절한다. 몇 년 전 유행했던 시간 여행자가 주인공인 드라마에서도 미래를 여행하고 와서 땅과 주식 등에 투자해 막대한 부를 축적하는 이야기가 나온다. 나에게도 이런 능력이 있다면 어떨까? 과거로 다시 돌아갈 수 있다면 어떨까?

나는 우선 대학교 1학년 시절로 돌아가고 싶다. 교육대학교에서는 자신의 심화 전공을 택할 수가 있다. 물론 전공은 초등교육이지만 전 과목을 가르치는 초등교사의 특징 때문에 어떤 과목을 더 심화해서 배울지를 선택할 수 있다. 초등학교 교사였던 아버지의 말씀에 따라 음악에 전혀 문외한이었던 나는 음악 심화과정을 신청했다. 6학년 음악 교과를 가르칠 수 있으려면 대학교 때 열심히 배우고 공부해야 한다는 아버지의 지론 때문이었다. 그러나 내가 가고 싶었던 과는 국어 심화과정이었다. 어릴 때부터 책 읽기를 좋아하고 글 쓰는 것을 즐겼기 때문이다.

아버지가 가라고 해서 교대에 입학했으면 심화과정 정도는 내가 원하는 것으로 선택했었어야 한다는 후회가 밀려온다. 물론 음악 심화과정을 선택해서 내 삶이 훨씬 풍요해졌다는 것은 인정한다. 만약 음악과로 가지 않았다면 내가 지금 성가대나 합창을 할 수 있었을까? 매일 아침의 시작을 달콤한 클래식 음악으로 시작할 수 있었을까? 그러나 초등교사에서 국어교육을 전공해 교대 교수로 재직하고 있는 강사의 강연을 듣고 있자니 또 후회가 밀려온다. 국어를 전공했었어야 하는데……. 그렇다면 지금쯤 동화작가나 시인이 되어 있지는 않았을까?

실망을 두려워하는 마음 내려놓기

나뿐만이 아니라 대부분의 사람들이 인생사의 중대한 일을 결정할 때 부모님이나 선생님 같은 나에게 막대한 영향력을 끼치는 사람들의 의견을 따를 때가 많다. 예를 들면 대학을 갈 때나 전공을 정할 때 내가 원하는 것은 가수이지만 부모님을 실망시키고 싶지 않아서 의대나 경영학과로 진학하는 경우다. 또 명문대 진학 숫자를 늘리기 위해 내가 원하는 과가 아닌 점수가 낮은 과로 진학하는 경우도 비일비재하다.

레몬심리는《기분이 태도가 되지 않게》에서 우리가 남을 실망시키지 않으려고 끊임없이 노력하면서 살아왔음을 상기시킨다. 부모님을 실망시키지 않으려고 좋아하는 것들을 다 포기하고 산 친구의 예도 들었다. 물론 나도 찔리는 구석이 좀 있다. 실망감은 우리를 공허하고 아득한 상황에 몰아넣고 무력감에 빠지게 할 만큼 힘이 세다. 작가는 우리가 조금 더 행복해지기 위해서는 실망을 두려워하는 마음을 조금씩 내려놓는 연습을 할 필요가 있다고 강조한다.

부모님이나 선생님을 실망시킬까 봐 두려워하는 마음과 나의 인생을 송두리째 바꾸는 일은 나처럼 평생 후회와 아쉬움만 남길 뿐이다. '자식 이기는 부모 없다'라는 옛말이 있다. 소신과 뜻이 확고한 자녀의 의견을 무시하고 자기 의견만을 고집하는 부모들은 요즘에는 별로 없을 것이라고 희망한다. 자기가 못 이룬 꿈을 자식에게서 이루기 위한 대리만족의 도구로 자녀를 생각하는 부모도 요즘에는 없으리라 갈망한다.

내 인생의 열쇠는 내 안에 있다

《내 운명 사용설명서》에서 고미숙 작가는 모든 운명의 키는 자신 안에 있다고 주장한다. 인생의 해법 또한 자신 안에 있음을 설파하면서 슈바이처의 말을 인용한다.

"환자는 자기 속에 자신의 의사를 모시고 있다. 환자는 그러한 사실을 모르고 병원으로 치료받으러 온다. 그러므로 훌륭한 의사로서 우리가 할 일은 환자 속에 있는 의사가 스스로 일할 수 있는 기회를 갖게 해 주는 일이라고 할 수 있다."

내 인생을 어떻게 살아야 할지 그 답은 이미 내 안에 정해져 있다. 단지 그것을 내가 모르고 있었을 뿐이고, 아니 관심을 가지고 내 안을 들여다보지 않았을 뿐이다. 내가 무엇을 하고 싶은지 내면의 목소리에 귀를 기울이지 않았던 것이다. 아니면 유튜브나 SNS 혹은 인터넷과 같은 허상에 빠져 다른 사람들의 화려한 일상을 쫓아가느라 정작 내 마음의 소리는 듣지 못했는지도 모른다.

몸에 있는 병뿐만 아니라 마음속에 있는 병의 치료자도 자기 자신이다. 상담사나 의사는 단지 스스로 병을 치유할 수 있도록 도와주는 조력자의 역할만을 할 뿐이다. 내 진로를 정할 때나 인생의 중대한 대소사를 결정할 때도 부모님이나 선생님은 단지 좋은 선택을 할 수 있도록 도와주는 역할만 할 뿐이다. 최종 결정은 모두 자신이 내리는 것이며 그 선택의 결과에 따른 책임도 결국은 내가 지는 것이다.

딸들아! 부디 네가 원하는 것을 맘껏 해라! 먼저 네 마음에 귀를 기울여라! 고독을 즐겨라! 그러면 어느 순간 불현듯 네가 원하는 인생의 키를 발견하게 될 것이다.

매일
둔감해지는 연습

경기도 외곽의 한적한 한식집에서 딸들과 오랜만에 외식을 하고 있었다. 먹는 것에 진심인 막내딸이 자꾸 얼굴을 찌푸린다. 식사를 다 마치고 왜 그랬냐고 물어보았다. "옆 테이블에 앉은 아줌마의 향수 냄새가 너무 짙어서 향수 냄새랑 음식 냄새랑 섞이니까 음식 맛도 잘 모르겠더라고!"라며 투덜거린다. 그랬나? 나는 전혀 모르고 그냥 맛있게 잘 먹었는데? 예민한 것으로는 둘째가라면 서러웠던 나는 점점 무뎌지고 대신 막내딸이 점점 예민해지고 날카로워진다.

어렸을 적에는 순둥순둥한 아이로만 알았는데 기나긴 코로나 팬데믹을 겪으면서 막내는 점점 예민해져 간다. 절대로 사람 많은 곳에는 가지 않는다. 어쩔 수 없이 외출했다가 집에 오면 곧바로 손을 비누로 씻는 것은 당연하고 그것도 모자라 손소독제로 온몸을 샤워한다. 식구들이 외출해서 돌아오면 막내딸은 스프레이형 소독제를 모기약 뿌리듯 마구 뿌려댄다. 그래서 막내의 꿈은 사람들이 없는 곳에서 혼자 사는 것으로 바뀌었다. 빵빵거리며 시끄럽게 클랙슨을 눌러대는 차들도 싫고 길거리에서 담배 피우며 걸어가는 아저씨들도 싫고 그냥 혼자서 조용히 살고 싶단다. 코로나 공포증이 사람에 대한 기피증으로 옮아간 듯하다. 그러면서 점점 후각, 청각, 미각 등이 모두 예민해져 간다.

예민한 것이 암의 원인?

막내딸의 예민함과 까칠함을 보고는 나를 되돌아보았다. 내가 막내를 가졌을 때 너무 예민했던가? 아니 내가 원래 예민하긴 했다. 마치 화가 나서 털이 곤두서 있는 고양이처럼 나의 모든 기관은 바짝 긴장하고 있었다. 어렸을 적부터 잠자리를 옮기면 잠을 못 잤다. 처음 합숙 연수를 했을 때 첫날밤을 뜬눈으로 꼬박 새웠다. 같은 방을 쓰던 선생님들이 이런 나를 이상하게 생각했는지 "왜 잠을 못 자?" 하며 안쓰럽게 여겼다.

먹는 것도 가리는 게 많아서 곰탕은 입에 대지도 않았다. 식구들은 곰탕을 맛있게 먹는데 나만 코를 잡고 밖으로 나와서 밥을 물에 말아서 먹었다. 아파트에서 살기 시작했을 때 냉장고 소리와 보일러 돌아가는 소리에 돌아버릴 지경이었다. 그 기계음들에 내 몸이 너무 민감하게 반응했다. 그렇게 스트레스를 받으면 몸에 두드러기 같은 알레르기가 솟아오르기도 했다. 조금만 스트레스를 받으면 머리부터 시작해 온몸에 두드러기가 나곤 했다. 그야말로 까칠함과 예민함의 끝판왕이었다. 슬프게도 이런 나를 막내가 고스란히 닮은 것 같다. 누구를 탓하랴!

어렸을 때 읽었던 동화에 나오는 공주님은 열 겹을 쌓은 이불 밑에 숨어 있는 작은 열매의 씨가 몸에 박혀 잠을 못 잤다. 어쩌면 극도로 예민하고 까칠한 나를 동화 속 공주처럼 다른 사람들보다 우월하다고 생각했는지도 모른다. 나는 다른 사람들보다 냄새를 잘 맡고, 작은 발자국 소리도 잘 듣고, 먼 곳의 작디작은 글자도 잘 읽을 정도로 시력이 좋았다. 심지어 눈치도 빠르고 사람들의 마음을 꿰뚫는(?) 촉도 굉장히 발달했다. 무슨 일이 일어날 것 같은 것을 잘 감지한다.

어느 날 친구의 어머니에게 안 좋은 일이 생겨서 무척 슬퍼하는 것 같다는 느낌을 받았다. 전화해볼까 하다가 그만두었다. 며칠 후 그 친구를 만났는데 어머니가 편찮으셔서 힘들었다는 말을 들었다. 내 예감은 잘도 맞는구나! 이런 촉은 다른 사람의 기분이나 안색을 살피는 데에도 유용하게 쓰인다. 다른 사람들은 무심히 지나치는 얼굴 표정이나 말투로 그 사람의 마음 상태를 잘 알아맞힌다. 이런 능력은 사회생활을 하는 데는 조금 유용하다.

나는 이런 예민함을 은근히 즐겼는지도 모른다. 머리 위에 눈에 보이지 않는 안테나를 달고 다니면서 세상 모든 것에 반응하는 나 자신을 다른 사람들보다 더 진화된 인간이라고 여겼는지도 모른다.

그러나 세상 모든 것에 반응하다 보니 쉽게 지쳐갔다. 사람들의 눈치를 살피고 그들의 감정에 일일이 반응하다 보니 상처도 많이 받았다. 보통 사람들이 1의 에너지로 살아간다면 나는 그보다 2배 혹은 3배의 에너지가 더 필요했다. 귀가 예민해서 들릴 듯 말 듯한 '삐' 소리가 괴로워 잠을 못 잤다. 남들은 맡지 못하는 이상한 냄새도 잘 맡아서 괴로웠다. 다른 사람들은 눈치도 못 채는 누군가의 어두운 표정에 자꾸만 마음이 심란해졌다. 항상 긴장하고 생각이 많은 나는 스트레스의 연속이었다. 그러니 암에 걸릴 수밖에!

둔감한 것이 더 진화한 것!

와타나베 준이치는 《나는 둔감하게 살기로 했다》에서 둔감함은 신이 주신 최고의 선물이라고 했다. 둔감한 사람은 다른 사람의 비난이나 잔소리 같은 것에 별로 마음을 쓰지 않고 대충 흘려들으니 마음이 건강하다. 그러니 스트레스를 안 받고 자율신경이 위축되지 않으니 혈관이 축소될 일도 없어 혈액순환도 술술 잘 된다. 버스든 비행기든 아무 데서나 머리만 대면 곯아떨어지면서 숙면을 취한다. 여행을 가서도 후각과 미각이 예민하지 않으니 현지 음식을 가리지 않고 잘 먹는다. 이렇게 둔감한 몸에는 질병도 찾아오지 않는다. 둔감한 사람이 낯선 환경에서도 훨씬 적응을 잘하고 건강하고 진화된 인간이었던 것이다.

요즘은 매일 둔감해지는 연습 중이다. 둔감해지려면 우선 머릿속에 가득한 잡념을 없애야 한다. 머릿속이 복잡해질 때는 명상을 한다. 잠이 잘 안 올 때도 몸의 구석구석 경직된 곳을 풀어주는 이완 명상을 한다. 멍 때리기도 열심히 한다. 창밖을 보면서 아무 생각 없이 한참을 멍하니 서 있기도 하고, 거실에 예쁜 꽃병을 가져다 놓고 그것을 하염없이 바라보기도 한다.

교장이 되어서는 웬만한 일은 못 본 것처럼 지낸다. 며칠 전 아침맞이를 하러 교문에 서 있다가 지각을 해서 헐레벌떡 뛰어오는 선생님과 딱 마주쳤다. 마음을 졸이며 학교에 뛰어왔을 그 마음을 알기에 그냥 못 본 척했다. 어쩌다 한 번 나도 그런 일이 있었기에!

입에도 거미줄이 쳐질 지경이다. 일일이 미주알고주알 잔소리하면서 간섭하고 싶지만 꾹 참는다. 스스로 알아서 잘하도록 하는 것이 진정한 리더임을 알기에!

나이가 들어가면서 한쪽 눈은 감고 귀와 입은 닫고 그 대신에 지갑을 열라는 말을 실천하고 있다. 머릿속을 비우고 멍 때리면서 봐도 못 본 척, 알아도 모르는 척 매일매일 연습 중이다. 둔감해져라, 둔감해져라!

이제 오십이 넘어 온몸의 신경을 곤두세워 사는 삶이 간혹 힘들어질 때가 있다. 이렇게 날이 서 있는 날에는 다른 사람들에게 쉽사리 상처를 주게 된다. 특히 가족들, 그중에서도 가장 만만한 딸들에게. 나의 뾰족한 마음아! 둥글둥글해져라, 둥글둥글해져라!

잃어버렸던 속옷을 찾았다!

긴 추석 연휴에 오랜만에 이불 빨래를 했다. 이불과 침대 커버, 베개 커버까지 싹싹 벗겨서 시원하게 세탁기에 넣고 돌렸다. 속이 다 시원해졌다. 그런데 침대 커버 밑에서 무언가를 발견했다. 얼른 들춰보니 내가 그렇게 애타게 찾던 속옷이 떡 하니 있었다.

3개월 전쯤이었던 것 같다. 아끼던 속옷이 며칠 동안 안 보였다. 세탁기에 돌리면 쉽게 해어지는 걸 알기에 아끼는 옷들과 속옷은 손빨래를 해서 욕실에 걸어놓고 마르면 입곤 했다. 속옷 두 벌을 비싼 거금을 들여 사서 하나는 빨고 마르면 다른 걸 입고 돌아가면서 입었다. 그런데 그중 하나가 없어진 것이었다. 속옷을 놔두는 바구니를 아무리 뒤져도 보이지 않았다.

도대체 어디로 간 거야? 아이들이 손을 댔을 리는 없다. 세탁기에 돌리지도 않고 내가 매일 손빨래를 했기에 아이들은 엄마의 속옷이 뭔지도 모를 것이다. 어디에 떨어졌나? 방과 욕실, 베란다까지 뒤졌지만 어디에서도 나오지 않았다. 귀신이 곡할 노릇이군 하고 체념했다.

할 수 없이 예전에 입던 낡은 속옷을 입고 다녔다. 몇 년째 입고 다녀 색이 바래고 찌든 때가 묻어있었다. 겉옷을 입으면 안 보인다고 생각하면 그만이겠지만, 그 속옷을 입을 때마다 기분이 우울해졌다.

속옷을 샀던 가게의 전화번호를 알아내서 전화로 주문하고 택배를 받았다. 속옷은 정성스럽게 포장되어서 나에게로 전달되었다. 다시 몸에 익숙한 새 속옷을 입으니 빛바랜 헌 속옷을 입을 때의 우울함은 없어졌다. 그렇지만 잃어버렸던 속옷을 찾지 못하고 거금을 들여 새 것으로 산 걸 생각하면 속이 쓰렸다.

그런데 근 3개월 만에 이렇게 침대 커버 밑에서 나오다니. 너무 허망했다. 이제야 어렴풋이 기억이 난다. 손으로 빨아 널어놓았던 것이 덜 마른 모양이었다. 그래서 잘 마르라고 따뜻한 돌침대에 놓아두고는 새까맣게 잊어버린 것이다. 3개월 동안이나 어디에 두었는지 생각이 나질 않다니!

젊었을 때부터 나의 건망증은 유명했다. 어딜 가든 뭘 잘 놔두고 와서 아빠는 이런 나를 "털팔이!"라고 불렀다. 인감도장도 몇 개를 잃어버려 인감증명서 뗄 때마다 곤욕을 치르곤 했다. 통장도 너무 잘 잃어버려 은행 직원에게 싫은 소리도 들었다. 결혼해서 아이를 낳고는 건망증이 극에 달했다. 시댁이고 친정이고 어딜 가면 무엇을 놔두고 왔다. 한번은 친정에 지갑을 놔두고 와서 동생네가 지갑을 들고 총출동하기도 했다. 지갑을 건네주면서 올케가 위로하듯 말했다.

"애 키우면 원래 다 그래요!"

젊었을 때는 건망증으로 무언가를 잃어버려도 이렇게까지 허망하지는 않았다. 도장이야 또 파면 그만이었고, 통장이야 또 재발급받으면 그만이었다. 나이 들어서의 건망증은 젊었을 때의 건망증과는 다른 것 같아 섬뜩하다. 나도 이제 늙어가는 것 같아 서럽기까지 하다. 왠지 나의 깊숙한 내면의 무언가를 잃어버린 것 같아서 공허하고 허망하다. 나의 기억들이 하나씩 잃어버린 속옷들처럼 증발해버릴 것 같은 불길한 마음이 든다.

영화 〈장수상회〉의 남자 주인공 할아버지도 알츠하이머병으로 부인을 못 알아보고 전혀 다른 사람으로 살아간다. 자신에게 가장 소중한 것들도 기억하지 못하는 삶! 과연 어떨까? 그러나 정작 본인은 자신이 소중한 기억을 망각하고 있다는 사실조차도 모른 채 살아간다. 옆에서 지켜보는 가족이 더 가슴 아프고 힘들어 보였다. 그러나 주인공이 그렇게 모든 걸 망각하기까지 얼마나 괴로웠을까? 조금은 이해가 된다. 이렇게 나처럼 잃어버렸던 기억을 얼마 뒤 되찾고는 얼마나 허망하고 허탈할지 이해가 된다.

잃어버렸던 속옷을 다시 찾아 이제 아끼는 속옷이 세 벌이 생겼다. 돌아가면서 매일 빨아서 입고 안 말라도 걱정하지 않아서 좋다. 이렇게 좋은데 왜 궁상을 떨며 살았는지……. 욕실 행거에 나란히 걸려있는 세 벌의 속옷을 보고 있자니 가슴 한편이 시려온다. 가을 찬바람은 내 마음 속에서도 불고 있었다.

5장

어른인
나로 살기

운명을 바꾸는
작은 습관

막내딸이 영어학원에서 역대 전교 1등 선배들과 미팅이 있다며 먼 길을 버스를 타고 다녀왔다.

"뭐 별거 없던데. 그냥 우리랑 똑같아! 우리 학교 전교 1등도 매일 밤 12시에 자고 아침 6시에 일어나서 공부했대. 그것밖에 없어!"

나는 속으로 말했다.

'바로 그게 비결이야. 매일 12시에 자고 아침 6시에 일어나서 공부하는 거 아무나 못 하는 거야!'

막내는 새 학기가 시작되자 6시에 일어나겠다며 알람을 맞춰놓았다. 하지만 딱 하루만 신기하게도 일어나더니 그다음 날부터는 도로아미타불이 되어버렸다.

또 막내는 어디서 들었는지 이런 말도 했다.

"엄마! 공부는 엉덩이 힘으로 하는 거래! 누가 책상 앞에 오래 앉아

있는가에 달렸대!"

학창 시절 귀에 못이 박히도록 듣던 말이었다. 엉덩이에 땀띠가 나도록 공부해야 한다는 둥, 학위는 머리로 따는 것이 아니라 엉덩이 힘으로 따는 것이라는 둥. 끈기와 성실함으로 진득하게 책상에 앉아서 공부해야만 좋은 결과를 얻을 수 있다는 건 누구나 아는 사실이다.

공자님도 '가지고 태어난 천성이나 본성은 서로 비슷하지만 무엇을 익히고 반복하느냐에 따라 서로 다른 인생을 살게 된다.'라며 반복과 습관의 중요성을 강조했다. 인문학 강사 최종엽도 《오십에 읽는 논어》에서 '성공한 형과 그렇지 못한 동생의 차이는 똑똑함, 잘생김, 좋은 학벌의 차이가 아니라 매일 아침 일어나 어떤 일을 반복적으로 했느냐의 차이가 쌓이고 쌓여 오늘날의 차이를 만든 것'이라고 했다. 세상에 반복, 습관, 꾸준함을 이길 수 있는 건 없는 것 같다.

고전평론가 고미숙도 《나의 운명 사용설명서》에서 '세상을 정복하는 것보다 자신을 정복하는 것이 더 어렵고 위대하다.'라며 자신의 운명을 바꾸려면 일상을 바꾸라고 한다. 일상을 바꾸는 것은 곧 습관을 바꾸는 것이고 습관이 몸의 생리로 몸이 또 인연의 장을 바꾸고 운명을 바꾸는 것이다. 내 팔자를 고치는 것은 백마 탄 왕자님을 만나 결혼을 잘하는 것도 아니고, 로또에 당첨되어 벼락부자가 되는 것도 아니다. 나의 작은 습관부터 고쳐나가야 소위 팔자도 고칠 수 있다. 아침 6시에 일어나는 작은 습관이 전교 1등을 만들고 남들이 부러워하는 의과대학에 입학하는 시발점이 된다. 그렇게 좋은 운명은 작은 습관에서 비롯된다.

불편한 하루하루가 평안한 삶을 만든다

교장과 교감을 대상으로 하는 연수에서 강사로 나온 교수님이 "이제껏 얼마나 성실하게 살아오셨습니까?"라고 한마디를 툭 던졌는데 울컥하고 눈물이 나올 뻔했다. 시간 약속을 잘 지키고 성실한 것에는 누구에게도 지지 않을 자신이 있었다. 지각할까 봐 늘 20분 정도 먼저 출근했고 매주 화요일마다 있는 교사합창단 연습에도 항상 일등으로 자리를 지켰다. 생겨 먹은 게 그러해서 시간 약속을 잘 지켰지만 이렇게 사는 나 자신도 정말 힘들다. 지각하지 않기 위해 온몸과 정신은 초긴장 상태다. 늦잠을 잘까 봐 새벽에 수시로 깨서 알람시계를 확인한다. 자동으로 아침 식사는 생략이다. 이렇게 살다 보니 숨이 턱 밑까지 올라오도록 헉헉거리며 힘들다. 퇴근하고 집에 오면 녹초가 되기 일쑤다. 이런 나의 힘듦과 생의 고달픔을 알아주는 교수님의 한마디에 눈물이 날 뻔한 것이다. "이제껏 얼마나 성실하게 살아오셨습니까?" 이 한마디에 이제까지 꾹꾹 눌러가며 참아온 모든 고단함과 힘겨움이 폭발해버릴 것만 같았다.

하루하루 성실하게 살아가기 위한 모든 고단함과 힘겨움을 따뜻하게 위로해주는 말을 《오십에 읽는 논어》에서 찾았다. '불편한 하루하루가 편안한 오늘을 만든다.' 오늘의 달콤한 휴식도 어제까지의 고군분투의 힘겨운 나날이 있었기에 가능한 것이다. 너무나 유명한 이솝 우화 〈개미와 베짱이〉도 개미가 추운 겨울 따뜻한 집에서 맛있는 음식을 먹을 수 있었던 것은 무더운 여름날 열심히 일한 덕분이다.

오십 평생을 헉헉거리며 성실하게 살아온 나는 자기 인생을 성실하게 살아갈 준비를 하는 딸들에게 묻고 싶다. 무엇을 위해 열심히 살 것인가? 선생님이나 부모님께 잘 보이고 인정받기 위해서는 아닌지. 무턱대고 남들이 다 하니까 아무 생각 없이 그러는 건 아닌지. 자신의 노력을 보상받기 위해 열심히 하는 건 아닌지. 사람들에게 과시하기 위해 열심히 사는 건 아닌지.

나 자신의 내면의 목소리를 무시한 채 성실하게 내달리는 삶은 비록 윤택함과 평안함은 줄 수 있지만 허탈과 허무의 감정에 빠지게 할 수도 있다. 하루하루 작은 습관을 실천하기 전에 과연 진정 내가 원하는 것이 무엇인지, 내가 하고 싶은 것이 무엇인지 나 자신과 끊임없는 대화가 필요하다. 나 자신은 사라진 채 남들에게 보여주기식의 근면과 성실로 나를 소진시키고 있는 것은 아닌지 꼼꼼하게 살펴볼 일이다.

일등보다는
일류가 돼라

며칠 전 막내딸의 담임선생님과 상담 전화를 했다. 선생님은 막내에 대해서 더 알고 싶다며 이야기를 해달라고 하셨다.

"전교 1등이 목표라고 합니다."

막내는 선생님과 상담할 때 똑같은 말을 했고 선생님은 열심히 하면 가능성이 있다고 말씀해주셨단다. 막내는 전교 1등을 목표로 자기 딴에는 열심히 공부하는 듯했다. 그러다 덜컥 코로나에 감염되고 말았다. 병원에 가서 코로나 확진 문자를 보여주면서 엉엉 울었다고 한다. 코로나에 안 걸리려고 필사적으로 손과 소지품 소독을 하면서 좀 유난스러울 정도로 자기 방역에 철저한 아이였는데 확진이 되었으니 얼마나 억울했을까?

담임선생님께 말씀드렸더니 건강을 염려하시면서 구글클래스에 올라와 있는 수행평가를 주의 깊게 살피라고 당부하셨다. 막내에게 전해주었더니 “아픈데 무슨 수행평가야?” 하며 역정을 냈다. 전교 1등을 하려는 열의에 불타던 아이였는데 코로나로 마음이 망가진 모양새다.

‘그래, 꼭 전교 1등 안 해도 돼. 건강이 최고야. 빨리 밥 많이 먹고 약 먹고 해서 나아야지!’

이렇게 마음속으로 응원했다.

‘넘버 원’이 아닌 ‘온리 원’

홍익희의 《유대인 이야기》를 보니 유대인과 우리나라 사람들의 차이점을 명확하게 설명하고 있다. 우리는 ‘베스트(Best)’를 지향하지만 유대인은 ‘유니크(Unique)’한 존재가 되기를 원한다. 유대인은 하느님이 남들과는 다른 자신만의 고유한 달란트(재능)를 주셨다고 믿어서 세상에서 각자 해야 할 역할이 따로 있다고 생각한다. 그래서 유대인 부모들은 자식이 최고가 되는 것을 바라지 않고 하느님이 주신 재능을 살려 남다른 존재가 되는 것을 원한다. 베스트는 반에서 단 한 명뿐이지만 유니크는 모든 학생이 될 수 있다.

요즘 널리 퍼져있는 혁신교육도 같은 맥락이다. 학생들을 성적순으로 줄 세우기보다는 다양한 교육 경험을 제공하여 모든 학생이 성공 경험을 하도록 하는 것이다. 아이들의 생긴 모습이 제각각이듯이 잘할 수 있는 것도 다 다르다. 어떤 아이는 수학에 재능이 있고, 어떤 아이는 글을 잘 쓰고, 또 어떤 아이는 그림을 잘 그린다. 학교에서는 이런 학생들에게 다양한 체험의 기회를 제공하여 자신의 재능을 찾아 마음껏 발휘하게 하는 것이 중요하다.

내가 가르쳤던 제자 중에 한 여학생은 평상시에는 내성적이고 수줍음이 많아 교실에서 있는 듯 없는 듯했지만 미술 시간만 되면 스타가 되었다. 그 아이가 그려내는 대담한 선과 화려한 색상을 보고 아이들은 감탄했고 환호성을 질렀다. 또 수학은 잘 못 하지만 체육 시간에 달리기 하나만큼은 정말 잘하던 남학생도 있었다. 어른들이 할 일은 이러한 아이들의 숨은 재능을 찾아서 키워주는 것이다.

요즘 잘 나가는 탤런트나 모델 중에는 절세미인의 탁월한 외모보다는 아무도 흉내 낼 수 없는 자신만의 고유한 개성을 살려 대스타가 되는 경우를 많이 볼 수 있다. 유인경 작가는 배두나를 인터뷰한 기자가 '복제할 수 없는 오리지널'이란 표현을 썼음에 주목한다. 결코 전형적인 미인형도 아니고 섹시한 것도 아니지만 그녀만의 자유분방함과 자연스러움이 비슷비슷한 성형미인들 사이에서 더 돋보이게 한다. 전형적인 미인형의 외모를 흉내 내거나 무턱대고 따라가지 않고 남들에게 없는 자신의 개성과 재능을 살려 장점으로 승화한 것이 성공의 비결이었다.

이동규 교수는 우리 사회가 무의식적으로 강요해온 1등이란 옹색한 이데올로기에서 벗어나 '일등보다는 일류'라는 가치 체계 이동이 절실하다고 지적했다. 일류(一流)란 무엇보다 나와 다른 것의 차이를 인정하는 다양성의 세계로 우리를 인도한다. 넘버 원(Number one)보다는 온리 원(Only one)이 강조되는 이유이기도 하다. 〈오징어 게임〉을 보고 전 세계가 열광한 이유도 다른 나라에는 없는 우리나라만의 고유성과 독특한 놀이 문화를 소재로 쇼킹한 영화를 만들었기 때문이 아닐까?

전교 1등이 되겠다는 열망에 사로잡혀 있는 막내에게 조심스럽게 말하고 싶다.

"꼭 1등이 아니어도 괜찮아! 네가 좋아하고 잘할 수 있는 것을 해!"

그토록 간절하게 전교 1등을 꿈꾸게 만든 건 나의 암묵적인 강압은 아니었을까. 무엇이 막내가 전교 1등을 하겠다는 집착으로 이어졌는지 여러 가지로 생각이 복잡해진다. 우선은 코로나부터 이겨내야겠지?

나이가 드니
이상한 고집이 생겨요!

추석 연휴를 맞아 오랜만에 영화를 봤다. 〈심야식당〉. 영화를 보고 나니 호평받는 영화에는 다 이유가 있었다. 잔잔하면서 사람 냄새가 물씬 풍기는 따뜻한 영화였다. 나도 심야식당 같은 단골집이 있으면 좋겠다고 생각했다.

영화에서 매력적인 사람은 식당을 지키는 마스터였다. 단골손님들이 오면 맛있는 음식으로 주린 배를 채워주고, 반겨주는 인사와 툭툭 던지는 따뜻한 말 한마디로 손님들의 마음의 허기도 채워주었다.

3화는 오차즈케 시스터즈 이야기였다. 세 명의 노처녀들은 심야식당에 오면 항상 같은 메뉴만 주문한다. 매실, 연어, 명란! 그리고 매일 똑같은 남자 이야기만 한다. 그들은 모두 언젠가 다가올 순애보를 꿈꾼다. 선이나 소개팅은 속물스러운 짓이라며 혐오한다.

영화에선 말한다.

“여자들에게 우정이 있을까?”

“남자가 있어서 안 돼요!”

결국 이들은 남자 문제로 갈가리 찢어지고 만다. 그러다 다시 한 명씩 심야식당으로 찾아온다. 항상 매실만 주문하던 시스터가 와서는 역시 매실을 주문하면서 이렇게 말한다.

“나이가 드니 이상한 고집이 생겨요!”

마스터가 무심하게 한마디 툭 던진다.

“매실만 먹지 말고 한 번 바꿔봐요! 연어 어때요?”

마스터는 툭 던지는 말로 다양하게 경험해보라고 한다. 꼭 매실 한 가지만 고집하지 말고! 왠지 이 대사가 계속 마음에 남아서 나는 어떤 고집이 있나 생각해보게 된다.

나는 빵을 먹어도 꼭 크림빵만 먹는다. 친구나 지인은 몇 명 만나는 사람만 만난다. 핸드폰 바꾸는 게 큰 스트레스여서 핸드폰을 잘 바꾸지 않는다. 미용실은 한 곳을 10년 가까이 단골로 다닌다. 샴푸도 같은 것만 쓴다. 자주 듣는 라디오 채널도 고정되어 있다.

이제 나이가 드니 익숙한 것이 편하다. 편안하면 좋은 것으로 여기고, 새로운 것을 경험하는 것은 큰 도전이자 스트레스로 다가온다. 은행을 예로 들면, 주위 사람들은 이자와 혜택 등을 따져서 주거래 은행을 10년 전에 갈아탔는데 나는 20년 동안 한 은행만을 이용하고 있다. 익숙하니까 편한 것도 있고, 바꾸자니 인터넷 뱅킹부터 시작해서 이것저

것 새로 등록해야 하고 귀찮아서 그렇다. 종합해보면 익숙한 것이 좋고 새로운 것은 부담스럽다.

요즘은 보수와 진보로 양분된 정도가 심해졌다. 보수와 진보의 양극단을 피하려는 보통 사람들은 흔히 중도라는 말 뒤에 숨는다. 젊은이들은 보수적인 성향을 가진 사람들을 흔히 꼰대로 비유한다. 나이가 드니 나에게도 점점 꼰대의 증상들이 생겨나기 시작했다. 익숙한 습관을 바꾸려 하지 않고, 새로운 것을 경험하는 걸 두려워하며, 나와 생각이 다른 사람들은 왠지 불편하고 힘들다. 익숙한 것이 주는 편안함에 조금만 안주하다 보면 금방 꼰대가 되어버린다. 매실 말고 연어에 도전하는 오차즈케 시스터즈처럼 나도 새로운 것을 시도해보고 싶다. 다음에는 꼰대가 새로운 도전을 하는 영화를 딸들과 함께 봐야겠다. 얘들아 볼 만한 영화 좀 추천해죠~~

돈을 모으고 굴린다는 것

"돈을 버는 것보다 관리하는 게 더 어려운 것 같아."

사회초년생인 둘째 딸이 하는 말이다. 이제껏 부모님이 주는 빠듯한 용돈으로 생활하다가 갑자기 목돈이 손에 들어오니 어찌할 바를 모르는 눈치다. "주택부금도 들고, 공제회도 들고, 적금도 들어라." 이리저리 아는 대로 코치를 해주지만 그래도 딸이 막막해하기는 매한가지인 듯하다.

나는 사회에 첫발을 내디뎠을 때 아빠를 따라간 투자신탁회사에서 계좌를 개설했다. 그 시절만 해도 우리나라의 경제와 산업이 하루가 다르게 발전할 때라 은행 이자가 꽤 높았다. 그렇게 3년을 투자신탁에 몇십만 원씩 저축하자 나에게는 어마어마한 거금이 손에 쥐어졌다. 그 돈을 결혼자금에 보태고 효녀 소리를 친척들에게 들었다. 그때만큼만 은행 이자가 높다면 재테크는 별로 고민할 필요도 없을 것이다. 그냥 은행에 저축하면 되니까. 그러나 요즘처럼 은행 이자가 형편없는 저금리 시대에는 재테크 공부는 필수이다. 특히 재테크 공부는 생각만 해도 골치가 아프지만 어쩔 수 없다.

작년에 주식이 천정부지로 뛰어오르다가 하강 곡선을 그릴 즈음 선배 교장 선생님을 만났다. 얘기 중에 학생들에게 꼭 지도해야 할 것이 생겼다고 말씀하셨다. 바로 경제교육이었다. 그 당시 주식 관련 책을 써서 베스트셀러 작가가 된 저자를 초청해서 특강도 하겠다고 하셨다. 우리나라에서는 학생들에게 왜 경제교육을 하지 않는지 개탄하시면서 본인이라도 먼저 발 벗고 나서겠다고 결연한 태도로 말씀하셨다.

유대인들은 자녀가 13세가 되는 해에 성인식을 거창하게 해준다고 한다. 성인이 되는 기념으로 성경책, 손목시계, 축의금을 선물로 준다. 성경은 신 앞에 부끄럽지 않은 책임 있는 인간으로 살라는 의미로 주고, 시계는 약속을 잘 지키고 시간을 소중하게 쓰라는 의미로 준다. 부모와 친척들은 아이가 성인이 되는 기념으로 목돈을 축의금으로 준다고 한다. 아이는 이때 받은 돈을 적금, 주식, 채권에 나누어 투자하고 이때부터 이 돈을 어떻게 굴릴지를 또래와 함께 연구한단다. 우량주식과 경제동향에 대해서도 공부하며 돈을 굴리는 것을 자연스럽게 체감하게 된다.

그러나 우리나라의 경제교육 현실을 보면 참담하다. 학생들은 더 좋은 대학에 들어가기 위한 입시 공부에만 매달리지 돈을 어떻게 벌고 굴리는지에는 관심조차 없다. 존 리(John Lee)의 책을 읽고 각성한 엄마가 중학생 딸에게 주식 계좌를 열어 투자를 함께 해보자고 제안해보았지만 아이에게 돈만 밝히는 이상한 엄마가 되어버렸다는 얘기를 전해 들은 적이 있다. 사실 얼마 전까지만 해도 주식 투자를 하는 사람들에 대한 시선이 곱지는 않았다. 주식을 해서 돈을 벌었다는 사람보다 돈을 날린 사람들의 얘기를 심심치 않게 들었고, 주식은 절대로 하면 안 되는 것처럼 금기시되었다. 차곡차곡 적금을 들어 정직한 방법으로 돈을 모아야지 한 번에 일확천금을 바라는 투기 같은 주식은 절대 하지 말라고 주위의 어른들은 신신당부하셨다.

사실 하루라도 빨리 취업해서 열심히 일하고 차곡차곡 저축해서 돈을 모으는 것이 재테크의 정석이었다. 주식과 부동산에 투자하고, 땅을 사고 경매에 관심을 가지는 것은 왠지 치맛바람을 일으키며 다니는 큰손 마담들이 하는 것으로 인식되었다. 투자 공부를 한다고 하면 일이나 열심히 할 것이지 엉뚱한 데 관심을 가진다고 빈축을 사기도 했다. 즉 대부분의 사람들은 경제교육 즉 재테크에는 관심이 없었다. 오로지 몸으로 열심히 일하고, 아껴서 쓰고 남은 돈을 은행에 저축하는 것만이 건전한 경제활동으로 여겨졌다.

돈이 나를 위해 일하게 하라!

저금리가 장기화되면서 은행 이자율이 1%대에 머물자 주식과 부동

산 투자 열풍이 불었다. 너도나도 주식 시장에 뛰어들었고 관련 서적들도 넘쳐났다. 그중에서 존 리의 책은 베스트셀러였는데, '내가 잠자는 동안에도 돈이 나를 위해 일하게 하라!'는 내용이 눈길을 끌었다. 이 책을 읽고 '나는 왜 젊었을 때부터 주식 투자를 시작하지 않았을까?' 하는 후회와 통한이 밀려왔다. 아무도 부자 되는 방법을 나에게 가르쳐주지 않았다. 돈을 어떻게 관리하고 불리는지를 스스로 공부하려고도 하지 않았다. 그냥 열심히 공부하고 또 더 열심히 일하고 아껴 쓰는 것만 귀에 못이 박히도록 들어왔다.

존 리가 말하는 주식 재테크는 의외로 간단하다. 다른 주식 관련 서적들처럼 경제학의 이론적 배경이 없어도, 머리에 쥐가 날 정도로 어렵게 공부하지 않아도 될 만큼 그의 이론은 간단명료하다. 바로 우량주식에 분산 투자를 하고 10년 이상 장기투자를 하라는 것이다. 3년 이하로 주식을 사고파는 것은 모두 단타라면서 오로지 장기투자만이 살길임을 강조했다. 사람들이 주식으로 돈을 못 버는 이유는 단타를 하기 때문이라고도 했다. 커피값을 아끼고, 자동차를 사지 말고 대중교통을 이용하여 그 돈으로 매달 우량주식에 적금 붓듯 투자하라고 강력히 권하고 있다.

구슬도 꿰어야 보배라고 했다. 아무리 돈 버는 이론을 많이 알고 있더라도 실천하지 않으면 공허한 메아리에 지나지 않는다. 마음 같아서는 당장 막내딸의 주식 계좌를 열어주고 싶은데 차일피일 미루다 보니 벌써 일 년의 시간이 후딱 지나갔다. 막내와 함께 존 리가 개최하는 청소년을 위한 경제 특강에도 신청하고 싶은 마음이 굴뚝 같았는데 그마저도 하지 못했다. 한 살이라도 젊을 때부터 돈을 모으고 불리는 노하우를 딸들에게 알려주어야 할 텐데 어디서부터 시작해야 할지 영 자신이 없다.

꼰대보다는 어른

오랜만에 회식을 했다. 근 3년 만인 듯하다. 길고 지난한 코로나 팬데믹으로 회식은 하지 않아야 할 일 중의 1순위였다. 거리두기 제한이 풀린 첫날, 까페에도 식당에도 사람들이 넘쳐났다. 봄을 맞아 화창한 날씨에 북적이는 사람들을 보니 다시 무언가 새로운 것을 할 수 있는 힘이 샘솟는 듯했다. 언제 어떻게 코로나가 변덕을 부릴지 모르니 빨리 우리 학교도 회식 날짜를 잡자고 제안했다. 환영회는 고사하고 직원회의도 줌을 통한 비대면회의를 하다 보니 서로 만날 기회가 없어 옆 반 선생님의 얼굴도 잘 모르는 비극적인 상황이 되어버렸다.

신문 기사에 따르면, 회식 못 하는 코로나 시대에 회식비를 현금이나 쿠폰으로 주는 방식을 MZ세대는 더 선호한다고 했다. 이런 회식 문화는 내가 꼰대인지 MZ세대인지를 가르는 대표적인 잣대가 된다. 대부분의 꼰대들은 부어라 마셔라 하는 회식 문화를 좋아한다. 1차는 기본이고 2차, 3차 직원들을 이끌고 음식점과 술집을 순례하는 것을 즐긴다. 그러나 요즘 젊은이들인 MZ세대는 회식 자체를 부담스러워하고 꺼린다. 회사 사람들과 얼굴을 맞대고 밥을 같이 먹기보다는 정액으로 받는 쿠폰을 가지고 자신이 좋아하는 음식을 집에서 배달시켜 먹는 것을 더 선호한다.

얼마 전 교장 선생님들을 대상으로 하는 연수에서도 약방의 감초격인 꼰대 이야기가 빠지지 않고 등장했다. 강사가 예로 든 꼰대는 회사의 사장으로, 토요일에 직원들과 등산하고 회식하면서 이렇게 외친다고 한다. "등산해서 건강해져 좋고, 회사 돈으로 맛있는 거 먹어서 좋고, 얼마나 좋냐!" 그러나 대다수의 직원들은 이런 등산과 회식은 업무의 연장이라고 생각한다. 직원들이 간절히 원하는 것은 주말에 집에서 자기만의 시간을 갖는 것이다. 그러면서 강사가 강조한 것은 CEO들은 직원을 위해 무언가를 더해주려고 애쓰기보다는 덜어주는 빼기의 기술이 더 중요하다는 사실이었다.

꼰대와 빼기의 기술

꼰대는 본래 아버지나 교사 등 나이 많은 사람을 가리켜 학생이나 청소년들이 쓰던 은어였으나, 근래에는 자기의 구태의연한 사고방식을 타인에게 강요하는 직장 상사나 나이 많은 사람을 가리키는 말로 변형되어 쓰인다. 나이 드는 것도 서러운데 꼰대라는 낙인까지 찍힌다면 더욱 서럽다. 김이나 작가는 나이가 들어 육체가 약해지는 데에는 분명 조금 더 신중해지고 조금 더 내려놓으라는 뜻이 있을 거라고 했다.

나이가 들면 눈의 노화가 가장 먼저 시작된다. 신문이나 책을 읽을 때 돋보기를 끼지 않으면 글자가 보이질 않는다. 그것은 그만큼 봐도 못 본 척, 알아도 모르는 척하라는 하늘의 뜻일 것이다.

우리 집 큰애와 요즘 사이가 부쩍 좋아졌다. 그 이유를 생각해보니 내가 잔소리를 하지 않는 것이었다. 주말마다 친구를 만나러 가도 늦게 들어와도 잔소리를 하지 않는다. 어질러진 방은 들어가서 슬쩍 치워주기도 한다. 보고도 못 본 척했더니 싸울 일이 없어졌다.

나이가 들면서 눈이 잘 안 보이고 귀가 잘 안 들리는 것은 보고도 못 본 척, 들어도 못 들은 척, 알아도 모르는 척하라는 신의 계시인 듯하다. 자질구레한 일에는 참견하거나 신경 쓰지 않고 콩 놔라 팥 놔라 참견도 하지 말라는 뜻일 것이다.

유능한 CEO는 직원들이 알아서 스스로 일하도록 한다. 조금 마음에 안 들어도 모르는 척하고 작은 실수는 눈감아 주는 것. 직원이 잘하는 일에는 칭찬을 아끼지 않는 것. 그래서 직원들의 자존감을 높여주고 신바람 나게 일을 찾아서 하도록 동기부여를 하는 것. 이것이 CEO의 역할일 것이다. 미주알고주알 참견하고 싶은 마음은 잘 안 보이는 눈과 잘 들리지 않는 귀 뒤로 숨겨두어야 한다.

꼰대보다는 성장하는 어른!

채현국 전 효암재단 이사장은 농경사회에서는 (노인들의) 경험이 지혜처럼 될 수 있었는데 지금은 경험이 다 고정관념이고 틀린 시대라고 말한 바 있다. 나이 많은 기성세대는 자신의 경험과 지식을 무기 삼아 젊은이들의 행동에 참견하지 말라는 뜻이다. 그보다는 그들의 젊은 기량과 번뜩이는 창의성과 상상력이 더 낫다는 것을 인정하는 쪽을 택해야 한다.

나이 들어 꼰대가 되지 않으려면 어떻게 살아야 할까?

여태전 전 상주중학교 교장은 한 칼럼에서 꼰대와 어른의 차이를 이렇게 규정했다.

'꼰대는 성장을 멈춘 사람이고, 어른은 성장을 계속하는 사람이다.'

꼰대는 케케묵은 과거의 자신의 지식과 경험만을 고집하고 젊은이들에게 강요하는 사람이다. 반면에 어른은 과거의 경험과 지식보다는 요즘 트렌드를 읽을 줄 알고 거기에 맞춰 항상 공부하며 성장하는 사람이다. 어른은 과거의 지위와 권력에 취해 남들이 알아주기를 바라는 허세꾼이 아니라 자신의 모자람을 인정하고 겸허한 자세로 항상 배우며 성장하는 사람이다.

요즘은 젊은이들의 귀감이 될 만한 진정한 어른이 부재한 시대라고 한다. 나이 많은 생물학적 어른들은 한강의 기적을 일군 자신의 과거에 취해 '라떼(나 때는 말이야)'만을 외친다. "나는 너만 했을 때 그렇게 살지 않았다. 나 때는 말이야……" 하면서 자신의 병적인 일중독을 영웅담처럼 후배들에게 들려주면서 은근히 강요한다. 이런 생물학적 어른들을 젊은이들은 꼰대라 부르고 겉으로는 수긍하는 척하며 도망가기 바쁘다. 세월은 너무 빨리 지나가고 나이는 허망하게 많아지는데 진정한 어른이 되는 길은 어렵기만 하다. 이렇게 나이 많은 어른이 되어서도 계속 공부해야 하다니! 모든 인생사가 배움의 연속이다.

나는 오십이 넘으면서 말하기보다는 듣는 사람이 되기로 했다. 이기주 작가는 《언어의 온도》에서 이렇게 말한다.

'우리는 늘 무엇을 말하느냐에 정신이 팔린 채 살아간다. 하지만 어떤 말을 하느냐보다 어떻게 말하느냐가 중요하고, 어떻게 말하느냐보다 때론 어떤 말을 하지 않느냐가 더 중요한 법이다. 입을 닫는 법을 배우지 않고서는 잘 말할 수 없는지도 모른다.'[1]

주위를 살펴보면 대화에서 항상 주도권을 잡고 떠드는 사람들이 있는데 꼰대일 확률이 높다. 그런 사람들은 상대방의 이야기를 잘 들으려 하지 않는다. 오로지 자기 생각만을 주장하고 강요할 뿐이다.

나는 라떼의 부드러운 맛이 좋다. 그리고 라떼는 어떤 음료와도 잘 섞이고 궁합이 맞는다. 그래서 종류도 많다. 곡물라떼, 고구마라떼, 녹

1 이기주, 《언어의 온도》, 말글터, 2016, 30~31쪽

차라떼, 거기다 얼마 전 종영된 드라마의 영향으로 꼰대라떼까지 시판된다고 한다. 꼰대라떼를 마시더라도 라떼처럼 누구와도 부드럽게 잘 섞이는 그런 어른이 되기를 꿈꾼다.

삶은 해석하기 나름이다

교사와의 간담회에서 한 선생님에게 사는 곳이 어디냐고 물었다.

"서울이에요!"

"그래요? 너무 멀지 않나요?"

"아, 매일 드라이브 한다고 생각하고 다녀요. 약 1시간 정도 걸립니다."

선생님은 말하고 나서 생긋 예쁜 웃음을 지었다. 왕복 두 시간을 매일 도로 위에서 보내야 한다는 것은 쉽지 않은 일이다. 그런데 반복되는 출퇴근 길을 가벼운 드라이브 정도로 여기는 선생님의 긍정적인 마인드와 예쁜 웃음이 잔잔한 울림을 주었다.

연초에 화장실에서 넘어져 허리를 크게 다쳐 꼼짝달싹하지 못하는 시간을 보낸 사연을 지인에게 들었을 때 내가 해줄 수 있는 말은 '액땜'

이었다. 앞으로 닥쳐올 액을 다른 가벼운(?) 곤란으로 미리 겪었으니 올 한 해는 평안할 거라고 위로해주었다. 허리를 다치는 일을 겪어도 누군가에게는 '재수 없음'이 될 수 있고, 또 다른 이에게는 보다 큰 재앙을 피할 수 있는 '액땜'이 될 수도 있다. 모든 세상사가 본인의 마음먹기에 달려있다.

나에게 주어진 현실은 같지만 그것을 내가 어떻게 해석하느냐에 따라 지금 여기가 천국이 될 수도 있고 지옥이 될 수도 있다. 생각해보면 삶을 살아가면서 부닥치는 모든 일이 행복인지 불행인지는 그 일을 행복한 일로 해석할 것인지 불행한 일로 해석할 것인지 나의 마음과 생각에 달려있다.

위기는 극복하는 것이 아니라 해석하는 것

이솔잎 작가는 《마흔 랩소디, 빈티나지 않고 빈티지하게》에서 끝없는 의심과 자기 불안 속에서 힘들게 살아갈 것인지, 아니면 자신에게 다가온 위기 앞에 자신을 믿고 최선을 다해 살아낼 것인지를 우리는 매 순간 선택해야 한다고 했다. 그러면서 위기는 극복하는 게 아니라 해석하는 것이라고 하면서 최악의 상황에서도 삶을 포기하지 않고 오히려 감사할 줄 아는 삶이야말로 '인생은 해석'이란 말의 정석이라고 말하고 있다.

7년 전 암 수술을 받고 한 달 동안의 입원 기간을 끝내고 직장으로 돌아왔을 때였다. 옆 부서의 과장님께서 그런 나를 보고 말씀하셨다.

"참 의연하다!"

그 말을 듣고 겉으로는 태연한 척했지만 속으로는 울컥 눈물이 날 지경이었다. '그렇구나. 내가 침착하고 의연하게 이 사태를 잘 대처하고 있구나.' 속으로는 울면서 겉으로는 태연한 척하며 참 의연하고 씩씩하게 아무렇지 않게 그 힘든 시기를 버텨내고 있었다.

그러나 암이 걸렸다는 사실 하나만으로 모든 인간관계를 끊고 전화도 받지 않고 잠수 타는 친구도 보았다. 아주 막역한 친구 사이는 아니었지만 그래도 걱정이 되어 수차례 전화를 해보았다. 하지만 끝내 받지 않았다. 주위의 선배나 지인들도 여러 차례 연락해 보았지만 묵묵부답이었다고 한다. 그 친구는 암 선고를 받고 자신의 성으로 꼭꼭 숨어버렸던 것이다. 얼마나 큰 충격이었으면 그 정도로 할까? 이해가 가면서도 왜 그렇게까지 하는지 속상할 때도 있었다.

나도 암 수술을 하고 항암치료와 방사선치료까지 받아야 된다는 사실을 알고는 너무 충격이 컸다. 드라마에서 보던 멀고 먼 남의 일 같았던 일이 나의 현실로 다가오니 무섭고 두려웠다. 암 환자의 인터넷 커뮤니티에 들어가 항암이 얼마나 고통스러운지, 그것을 남들은 어떻게 견뎠는지 찾아보기 바빴다. 이 고통스러운 현실에서 도망가고 싶은 마음

뿐이었다. 설마설마했지만 항암 8차와 30회가 넘는 방사선치료가 확정되면서부터는 머릿속을 비우고 그냥 담담히 주어진 현실을 받아들이기로 했다. '이 또한 지나가리라!'라는 명언을 되새기며 하루하루를 견뎌내고 살아내었다. 길고 긴 어두운 터널을 한 걸음씩 한 걸음씩 묵묵히 걸어갔더니 어느새 끝이 보였다. 참 오랜 여정이었다.

감사하면 행복해진다

사실 암에 걸리고 수술을 하고 항암치료를 하게 된 것을 감사하게 생각할 정도로 신앙심이 깊거나 마음이 넓지는 않다. 그러나 이 길고 어두운 여정을 걸어오면서 얻은 것은 있다. 어떤 어려운 일을 겪어도 흔들리지 않고 침착하게 대응할 수 있는 내공, 바로 그것이다.

같은 사무실에서 일하던 직원이 한 말이 생각난다. 나의 목소리를 들으면 모든 것을 이해해줄 수 있다는 느낌이 든단다. 암과 항암치료라는 고통의 시간을 거치면서 나는 사소한 일에 흔들리지 않는 담대하고 침착한 마음과 다른 사람의 고통을 먼저 공감하고 이해할 수 있는 넓은 마음을 얻었다. 이것은 마땅히 감사한 일이라고 생각한다.

함민복 시인은 내가 고통받는 것은 신에게서 선택받았다는 것을 의미한다고 했다. 신은 선택하지 않은 사람에게는 고통도 주지 않는다고 했다. 신이 나에게 고통을 준다는 것은 내게 부단한 희망과 완성, 큰 깨달음을 주기 위함이며, 나에게 고통이 있다면 그 고통만큼의 완성이 예비되어 있다는 사실을 잊지 말아야 한다고 당부했다.

인생은 멀리서 보면 희극, 가까이서 보면 비극이라고 한다. 아무리 행복해 보이는 사람일지라도 가까이서 보면 자신만의 십자가를 지고 살아간다. 그 고통의 십자가를 어떻게 해석하고 받아들이냐에 따라 그 사람의 인생이 달라지게 된다. 내가 왜 이런 고통을 겪는지 신을 원망하면서 신세 한탄만 할 것인지, 겸허하고 담담하게 자신의 십자가 고통을 받아들이면서 그 후에 오는 삶의 완성과 충만감을 느낄지는 다 본인의 선택이다. 나의 관점만 바꾸면 지옥이었던 현실이 삽시간에 천국으로 변할 수 있는 기적을 체험할 수 있다.

남들이 사는 건
참 쉬워 보인다

여자 후배들은 날 찾지 않는데 이상하게 남자 후배들이 고민이 있거나 힘들 때 꼭 나를 찾는다. 오늘도 휴대폰에 남자 후배의 부재중 전화가 두 통이나 있었다. 얼마 뒤에 또 전화가 왔다.

"보고 싶어서 전화했어요!"

한바탕 너스레를 떨더니 아니나 다를까 자신의 고민을 털어놓는다. 교무부장을 하는데 너무 힘들다고 했다. 학교의 모든 일이 자기에게로 몰린다고 했다. 그래서 1년 동안 며칠을 제외하고는 아침에 7시 반에 출근해서 퇴근을 밤 9시, 10시에 한다고 했다.

"다 쉬워 보여도 다른 사람들도 그렇게 고생하면서 승진했어! 조금만 참고 견뎌!"

내가 해줄 수 있는 말은 이렇게 평범하고 누구나 다 해줄 수 있는 말뿐이다. 그래도 후배는 한바탕 하소연을 나에게 쏟아내고 나니 속이 후

련해진다고 했다. 나는 입이 무거우니까 언제든지 힘들면 전화해서 이야기하라고 했다. 안 그러면 속병 생긴다고.

오늘은 유달리 편안하게 별 어려움 없이 그것도 남들보다 어린 나이에 승진한 사람에 대한 생각을 곱씹고 있었다. 그러면서 '왜 나는 어렵고 힘들게 승진했을까?'라는 자책도 함께 했다. 그렇다고 그 사람이 심성이 착하고 후덕하다면 하늘이 복을 내린다고 생각하겠지만 그렇지도 않다. 약간은 개인적이고 이기적인 성향을 가지고 있다.

퇴근 후 후배의 전화를 받으면서 조금 전까지의 생각이 나름 정리되는 것을 느꼈다.

'그래, 별 어려움 없이 빠르게 승진한 사람도 나름 자신만의 어려움과 힘든 일이 있었을 거야. 그냥 멀리서 겉으로만 봐서 쉬워 보였을 거야!'

나도 간혹 친구들의 부러움과 비아냥이 섞인 말을 듣곤 한다.

"너는 좋겠다. 뭐든지 다 가지고 있어서!"

그 말을 듣고 나 자신을 가만히 들여다보았다. 나도 남편, 애들, 직장에 대한 불만투성이인데, 다른 사람들이 멀리서 나를 보기에는 좋아 보이는 것이었구나.

항상 남의 떡이 커 보인다고, 다른 사람들은 쉽게 돈도 벌고, 집도 사고, 승진도 잘하는 것 같은데 나만 힘들게 사는 것처럼 느껴질 때가 있다. 남들도 나름의 고민과 힘든 십자가를 지고 살아간다는 정답을 나는 이미 알고 있었다. 그리고 그 정답을 힘들어하는 후배에게 귀띔해주었다. 우리는 때로는 정답을 알면서도 금방 잊어버리고 힘들어하고 방황하거나 자책하기 일쑤이다. 힘들어하는 후배를 통해서 힘들어지는 내 마음을 치유했다.

자기 사랑과
귀차니즘의 상관관계

어느 여배우가 생일을 맞아 팬들이 잔뜩 보내준 선물 꾸러미와 풍선, 꽃다발 앞에서 환하게 웃는 사진을 보았다. 또 다른 가수의 팬클럽은 그 가수의 이름으로 기부행렬을 펼쳐서 선한 이미지 확보에 기여했다. 가장 유명한 팬클럽은 아마도 방탄소년단의 '아미'일 것이다. 전 세계적으로 다양한 연령대의 팬을 확보하고 있어 팬클럽의 차원을 넘어선 팬덤을 형성하고 있다. 팬덤 '아미'는 코리아라는 작은 나라의 가수인 방탄소년단을 세계적인 가수로 탄생시키는데 지대한 기여를 했다. 전 세계의 아미들은 BTS의 신곡이 나오자마자 곧바로 자기 나라 언어로 자막을 만들어 전 세계인이 공유하고 공감할 수 있는 세계적인 히트곡을 탄생하게 했다.

연예인에 대한 팬들의 사랑은 단순히 선물 공세에서 벗어나 선한 영향력의 기부 행사로 발전해나갔고 세계적인 가수가 되는데도 어느 기획사 못지않은 저력을 발휘했다. 자신이 사랑하는 대상을 위해서는 무엇이든 할 수 있는 놀라운 힘을 발휘할 수 있다.

조금 있으면 내 생일이 다가온다. 나와 비슷한 연령대의 여배우처럼 나도 생일을 챙겨주는 팬클럽이 있다면 어떨까 잠시 상상해보았다. 물론 선물 공세를 받을 때는 행복하겠지만 나의 일거수일투족이 팬들의 관심거리가 되어 행동에 제약이 따를 것을 생각하니 아찔한 생각이 들었다. 그럴 바엔 내가 나의 팬이 되어 보는 것이 낫겠다 싶다.

내가 나를 팬덤처럼 사랑하기

'나 자신을 사랑하자'라는 말은 귀에 못이 박히도록 많이 들어 왔다. 그러나 정작 나 자신을 사랑하기 위해서는 어떻게 해야 하는지 별로 아는 바가 없다. 값비싼 명품으로 머리부터 발끝까지 치장하는 것이 나를 사랑하는 것일까? 아니면 피부마사지부터 헤어마사지, 두피마사지, 각종 영양주사까지 몸에 좋다는 것은 다 하는 것일까? 그것도 아니면 내가 하기 싫은 귀찮은 모든 일을 다 해주는 집사나 비서를 두는 것일까? 알쏭달쏭하다.

생각나는 나 사랑법을 적어보니 모두 돈으로 해결되는 것이다. 명품도 마사지와 영양주사도 그리고 집사까지! 사랑을 돈으로 살 수 없듯이, 고작 돈으로 해결되는 나 사랑법은 진정한 사랑이 아닌 듯하다. 명품으로 몸을 휘감아도, 마사지로 팽팽한 피부를 가져도 행복하지는 않을 듯

싶다. 집사가 모든 일을 다 해주어 정작 내가 할 일이 없어질 때 공허하고 헛헛한 마음을 어찌하지 못하는 나 자신이 떠오르기도 한다.

이솔잎 작가는 '꾸밈'에서 '가꿈'으로 삶의 방식을 바꿀 것을 권한다. 나 자신을 사랑하기 위해 명품을 사고 피부 마사지를 받고 성형수술을 하는 행동은 다 '꾸밈'의 행동에 지나지 않는다. 남들에게 잘 보이기 위해 다른 사람들에게 나의 부와 미모, 젊음을 과시하기 위해 돈을 낭비하는 것에 불과하다. 그것의 결과는 공허와 허탈뿐이다. 반면 '가꿈'의 행동은 남의 시선에서 자유롭다. 내가 좋아하는 것을 찾아서 내가 좋아하는 방식으로 나를 가꾸면 된다. '꾸밈'의 판단 기준은 남의 시선이지만 '가꿈'의 판단 기준은 나 자신이다.

취미로 배우는 민화 강사님이 항상 강조하는 말이 있다.

"세상에 그림을 잘 그리는 사람은 너무 많아요. 잘 그리려고 하지 말고 나만의 그림을 그리세요!"

이 말은 모든 경우에 다 적용될 수 있다. 세상에 예쁜 사람은 너무 많다. 세상의 기준에 맞추려 하지 말고 나만이 가지고 있는 개성과 장점을 찾아 나만의 아름다움을 가꾸면 된다. 세상에는 부자와 똑똑한 사람들이 넘쳐난다. 굳이 그들을 따라잡기 위해 헛발길질을 하기보다는 내가 진정으로 원하고 행복해지는 목표를 찾아 그것을 따라가면 된다. 불행은 남들이 가진 것을 부러워하며 남들과 나를 비교하는 순간부터 시작된다.

나를 사랑하는데 가장 큰 걸림돌은 나 자신이다

책을 읽다가 '나 자신을 애완동물만큼도 사랑해주지 않는다.'는 구절이 크게 다가왔다. 우리 집 반려견만 해도 아침저녁 비가 오나 눈이 오나 산책을 거르지 않는다. 반려견의 관절 건강을 생각해서 사료도 각종 미네랄과 비타민이 함유된 최고급 사양의 제품을 선택한다. 3개월에 한 번은 애견전문 미용숍에서 거금을 들여 미용하고 손톱과 발톱 정리까지 함께한다. 마침 집 근처에 수제 애견 간식점이 생겨 이제는 간식도 유기농 수제 간식만 먹인다.

과연 나에게는 어떨까? 내 소중한 몸에 좋은 음식을 먹이기 위해 유기농 야채와 닭가슴살을 냉장고에 비축해두었다. 그러나 며칠째 냉장고에서 잠만 자는 중이다. 미나리는 벌써 잎이 시들시들해간다. 나의 지성과 감성의 성장을 위해 사놓은 수필집은 며칠째 먼지만 쌓여가고 있다. 나의 건강한 몸을 위해 거금을 들인 운동 회원권도 며칠 가지도 않았는데 벌써 만료기한이 다가온다. 나의 건전한 취미 생활인 민화 새 작품을 위해 도안을 그려놓은 지 한 달이 다 되어가는데 아직도 밑그림 그리기는 손도 못 대고 있다.

나를 사랑하는데 가장 큰 걸림돌은 아이러니하게도 바로 나 자신이었다. 구체적으로 말하면 나의 게으름이었다. 시간이 없다, 바쁘다, 귀찮다는 핑계로 나 자신을 사랑하기 위해 계획했던 모든 일을 차일피일 미루고 있었다. 만약 이 모든 계획이 나 자신이 아닌 나의 아이들을 비롯한 가족을 위한 일이었다면, 직장의 업무였다면 어떤 경우에도 잠을 줄여서라도 반드시 해내고야 말았을 것이다. 바로 다른 사람이 아닌 나 자신을 위한 것들이었기 때문에 자꾸 게을러지고 여러 가지 핑계가 많아진다. 조금 미룬다고 채근하는 사람도, 책임질 일도 없기 때문이다. 그럼에도 불구하고 나 자신을 위해서 꿋꿋하게 꾸준히 마음먹은 것들을 해내는 사람만이 승자이다. 게으름과 귀차니즘이 나를 사랑하는 데 가장 큰 적이다. 오늘 운동을 가야 하는데 또 슬슬 귀찮아진다.

내 마음님과
잘살기 참 어렵네!

다중인격체가 연쇄 살인을 저지르는 스릴러물을 본 적이 있다. 주인공의 몸은 하나이지만 그 속에 여러 명의 인격체가 함께 살고 있었다. 그 인격체들은 서로 싸우기도 하고 우세한 인격이 주도권을 잡고 주인공의 몸을 마음대로 사용했는데 정작 본인은 기억을 하지 못 했다.

최근 본 넷플릭스 드라마도 주인공의 몸에 죽은 친구의 영혼이 들어오는 장면으로 시작되었다. 청순가련형의 여주인공 몸속에 들어온 친구의 영혼은 자신이 못다 한 한풀이를 주인공의 몸을 빌려 척척 해내고 있었다. 주위 사람들은 여리고 착한 주인공이 그런 일을 하리라는 것을 상상도 하지 못했다.

다중인격체는 정신건강의학 전문 용어로는 해리성정체장애로 정의된다. 한 사람 안에 둘 또는 그 이상의 각기 구별되는 정체감이나 인격상태가 존재하는 것을 말한다. 곰곰이 생각해보면 평범한 일상을 살아가는 우리도 정도의 차이는 있겠지만 다중인격체의 삶을 살아가는 것은 아닐까? 내 속에도 악마와 천사가 공존하며 어느 순간에는 서로 싸우기도 한다. 도덕적인 성인군자가 들어앉아 있나 싶은데 어떤 때에는 천방지축 망나니가 불쑥불쑥 튀어나온다. 품격있는 요조숙녀인가 싶다가도 철부지 어린아이의 마음이 동할 때도 있다.

변덕쟁이 내 마음

정약용도 〈수오재기(守吾齋記)〉에서 이렇게 강조한다.

'대체로 천하 만물이 모두 지킬 필요가 없는데, 오직 '나'만은 지켜야 한다. 내 밭을 떠메고 도망칠 수 있는 자가 있을까? 밭은 지킬 필요가 없다. 내 집을 머리에 이고 달아날 수 있는 자가 있을까? 집도 지킬 필요가 없다. (중략) 유독 이른바 '나'라는 것은 그 성질이 달아나길 잘하며 들고 남이 무상하다. 비록 친밀하기 짝이 없이 바싹 붙어 있어서 배반할 수 없을 것 같다가도, 잠깐이라도 살피지 않으면 가지 못하는 곳이 없다. 이익과 벼슬이 유혹하면 가 버리고, 위세와 재앙이 두렵게 하면 가 버리고, 푸른 눈썹 흰 이를 한 미인의 아름다운 자태를 보면 가 버린다…….'

정약용은 천하에 '나'처럼 잃기 쉬운 것이 없으니 굴레를 씌우고 동아줄로 동이고 빗장으로 잠그고 자물쇠를 채워서 굳게 지켜야 함을 강조한다. 정말 내 속에 있어서 매일 함께하는 '나'이지만 내 마음대로 되지 않는다. 기껏 명상과 치유 음악으로 평온한 마음 상태를 유지해 놓았지만 속상한 일이 있으면 버럭 소리부터 지르게 된다. 마음의 평정은 순식간에 깨지고 분노로 이글거린다. 어제도 딸이 연락도 없이 늦게 들어와서 소리를 지르고 쓴소리를 퍼부어댔다. 혈압이 오른다는 표현처럼 얼굴이 붉으락푸르락 달아올랐다. 곧바로 거울을 봤다. 혹시 내 얼굴이 마귀할멈처럼 변하지는 않았을까 불안해하면서. 다행히 괜찮았다. 휴~

내 속에 살고 있는 내 마음이란 녀석은 변덕 또한 심하다. 어떤 때에는 활짝 핀 꽃을 보고는 마음이 좋다가도 내 뜻대로 되지 않는 일이 조금이라도 생기면 바로 우울 모드로 들어가 버린다. 마음이 우울해지면 생각도 덩달아 부정적으로 변해버린다. 아무것도 할 수 없을 것 같고 나에게 주어진 일을 도저히 해낼 수 없을 것 같다. 자존감이 바닥을 칠 때는 어떤 일도 손에 잡히지 않는다. 우울증은 아마 이렇게 시작되는 것이 아닐까.

토닥토닥 내 마음 다스리기

명상하다 보면 생각은 생각일 뿐 나 자신이 아님을 강조한다. 내 생각을 빨리 알아채고 그것이 흘러갈 수 있도록 하는 것이 중요하다. 화가 나면 '아, 내가 화를 내고 있구나!' 빨리 알아채야 한다. 내가 우울한 마음이 든다면 '아, 오늘은 기분이 우울하네!' 즉각 알아차려야 한다. 화남과 우울함 같은 나의 부정적인 감정에 나 자신이 휩쓸려가지 않도록 바로 브레이크를 걸어야 한다. 화가 날 때는 내가 화가 난 상태임을 알아차리는 것만으로도 상당한 브레이크 역할을 한다. 그 후에는 심호흡을 서너 번 정도 한다. 이 정도면 화가 나서 히스테리 부리는 것을 조금은 줄일 수 있다. 화가 나서 쏟아붓는 악담은 문제해결에 아무런 도움이 되지 않는다. 오히려 상황을 더 나쁘게 만들어갈 뿐!

며칠 전 계속되는 회의와 젊은 교사들의 지나친 당당함과 무리한 요구에 심신이 피곤했다. 회의 석상에서는 아무 말도 못 했다. 도리어 내 마음과는 반대로 나는 열린 마음과 큰 귀를 가지고 있으니 여러분의 의견을 더욱 경청하겠다는 말만 되풀이했다. 이것도 일종의 살아남기 위한 몸부림이다. 퇴근해서 집에 돌아와서는 피곤함과 우울, 무기력이 한꺼번에 몰려왔다. 한 시간을 그렇게 멍하게 앉아있다가 따뜻한 물로 몸을 씻었더니 한결 기분이 나아졌다. 그러고는 또 이렇게 우울하거나 무기력해질 때 사용하기 위해 입욕제를 주문했다. 따뜻한 목욕물과 상쾌한 향의 입욕제는 나의 지친 몸과 마음을 어루만져 줄 것이다.

한평생 같이 살아가야 할 '나' 속에는 너무도 많은 얼굴의 또 다른 내가 있다. 평상시에는 꾹꾹 눌러 잠재워 놓았던 나의 부정적인 모습들이 언제 어디서 튀어나올지 모른다. 정약용의 말처럼 세상의 유혹에 약해진 내가 언제 훅 넘어갈지 모른다. 항상 내 마음 상태를 알아차리는 것!

그래서 그 감정이 빨리 흘러가도록 도와주는 것! 이것이 진짜 내가 할 일이다. 세상 사람들과 지내는 것만이 힘든 줄 알았는데 무시무시한 강적이 내 안에 있다!

물건을 버리면 마음이 넓어진다

가끔 특종을 다루는 TV 프로그램을 보면 물건을 버리지 못해 쓰레기 더미에서 생활하는 사람이 나온다. 집 안은 온통 쓰레기로 가득하고 정작 자신은 방 한 귀퉁이에서 웅크린 채로 잠을 잔다. 어떤 사람은 집 안의 쓰레기만으로는 양이 안 차는지 동네에 널브러져 있는 잡동사니를 다 집 안으로 가져오는 사람도 있다. 사람이 살아야 할 집에 쓰레기와 잡동사니만 가득하고 정작 몸을 누일 공간조차 없다.

이렇게 물건을 버리지 못하고 쌓아두는 습관이 심해진 상태를 '저장강박증'이라고 한다. 저장강박증이란 강박장애의 일종으로, 어떤 물건이든지 사용 여부에 관계없이 계속 저장하고, 그렇게 하지 않으면 불쾌하고 또 불편한 감정을 느끼게 된다. 이것은 정도의 차이는 있지만 흔히 주변에서 볼 수 있다.

우리 집에는 막내가 학교에서 프로젝트 수행이나 과제물로 만든 여러 가지 것들이 거실과 방에 널브러져 있다. 그중 하나는 중국어 시간에 만든 사자성어가 한자로 쓰인 갓등이다. 또 하나는 실제로 콘센트에 전원을 꽂으면 불이 들어오는 장식용 등이다. 이것을 버렸으면 좋겠는데 막내의 반대가 극심하다. 자신이 심혈을 기울여 만든 것인데 왜 버리냐며 난리를 피운다.

한평생 근검절약을 철칙으로 지키면서 가난한 중에도 3남매를 키워낸 시어머니는 버리는 일을 죄악시하신다. 지금도 시댁에 가면 큰애의 신발이 먼지가 뽀얀 신발장 안에 잠들어 있다. 너무 작고 예뻐서, 큰애의 어린 시절 추억이 담겨 있어서 못 버린다고 하셨다. 큰애의 신발뿐만 아니라 남편의 학창 시절 물건들과 책들이 아직도 그대로 빛이 바랜 채 방 한구석을 덩그렇게 채우고 있다. 지독히도 가난한 시절을 살아오신 우리 어머니들은 멀쩡한 물건을 버리는 것 자체가 가슴 섬뜩한 일이요 벌 받을 행위라고 여기시는 것 같다.

소중한 것에 집중하기 위해

몇 년 전 사사키 후미오의 《나는 단순하게 살기로 했다》라는 책이 큰 반향을 일으키면서 미니멀리스트가 유행하기 시작했다. 작가는 물건을 버렸을 뿐인데, 물건을 줄인 후 매일 행복을 느낀다고 했다. 계획 없이 사재기하면서 쌓아놓았던 물건을 버리면서 남들과 비교하는 마음이 없어졌고 몸과 마음이 건강해졌다고도 했다. 물건을 없애자 집이 넓어지고 쾌적해졌으며 청소가 쉬워져 매일 청소기를 돌리고 설거지도 식사 후에 곧바로 하게 되었다고 한다. 쓸데없는 것에 정신이 분산되지 않고 한곳에 집중할 수 있게 되었고 남는 시간에 책을 읽고 글을 쓴다고 한다.

고급스러운 호텔에 가면 최소한의 가구들 외에는 잡다한 물건이 없다. 이런 호텔방에서 우리는 쾌적함과 편안함을 느끼며 심신의 휴식을 취한다. 어떤 글에서 '내가 산 가구와 물건들이 내 집을 다 차지하게 되면 5억짜리 아파트에서 가구와 물건들이 4억 원의 지분을 차지하고 정작 사람은 1억 정도의 지분만을 차지하게 된다'는 내용을 읽은 적이 있다. 내가 거금을 들여 사들인 가구와 물건들이 내 집을 장악해 버리고 그만큼 식구들이 차지할 공간은 줄어들게 되는 것이다. "너는 결국 네가 가진 물건에 소유 당하고 말 거야." 영화의 대사처럼 주객이 전도되어 물건이 집을 다 차지하고 주인행세를 하게 된다.

사사키 후미오는 미니멀리즘을 '소중한 것을 소중히 하기 위해 소중하지 않은 물건을 줄인다. 소중한 것에 집중하기 위해 그 외의 것을 줄인다.'라고 정의했다. 그는 물건을 줄이는 것이 목적이 아니라고 하면서 다른 소중한 것을 발견하기 위한 수단이라고 했다. 내가 물건에 잠식당하지 않고 물건의 노예가 되지 않기 위해서는 나에게 정말 소중한 것이 무엇인지 감별해낼 수 있는 식별력이 필요하다. 그리고 소중한 것을 과감히 버릴 수 있는 용기 또한 요구된다. 그 이후에 나는 비로소 다른 소중한 일을 할 수 있고 발견할 수 있을 것이다.

생각에도 미니멀리즘이 필요하다

요즘에는 스마트폰으로 언제든 뉴스를 접할 수 있다. 모르는 것이 있을 때는 검색하면 곧바로 알아낼 수 있다. 장보기, 요리 레시피, 쇼핑을 위한 최저가 비교까지 스마트폰만 있으면 안 되는 것이 없다. 그래서인지 사람들은 심지어 걸어다닐 때도 스마트폰에서 눈을 떼지 못한다. 차를 타서도 바깥의 아름다운 경치를 보기보다는 스마트폰으로 다른 사람들의 일상을 훑어보기 바쁘다. 잠시라도 스마트폰에서 눈을 떼지 않는다.

법정 스님은 모든 것이 넘쳐나는 요즘 같은 세상에서는 보지 않아도 될 것은 보지 말고, 듣지 않아도 될 소리는 듣지 말고, 먹지 않아도 될 음식은 먹지 말고, 읽지 않아도 될 글은 읽지 말아야 한다고 말씀하셨다. 내 머릿속이 연예인들의 사생활 관련 뉴스나 SNS에 올라온 정치 관련 글 혹은 유튜버들의 일상으로 가득 채워진다면 정작 소중한 것들을 생각할 여유와 공간이 줄어든다. 스마트폰을 쓴다고 사람들이 스마트하지 않은 이유이다. 인터넷에 존재하는 허상만을 좇다가 내 마음은 더 공허하고 헛헛해진다.

내 머릿속을 냉장고 안처럼 훤하게 볼 수 있다면 잡동사니들은 다 덜어내고 좋은 것들로 채워 넣고 싶다.

오늘 아침에 본 이팝나무의 흰 꽃과 푸르른 잎들. 얼굴에 묻은 것을 떼어내느라 살짝 벗은 마스크 사이로 보이는 사내아이의 귀엽고 통통한 볼. 비 온 뒤 상쾌해진 거리. 식구들이 보내준 따뜻한 문자. 가족들과 보낸 소중한 추억. 오늘도 행복하고 평안한 하루를 보내기 위한 기도. 평범한 일상에서 반짝이는 감사의 마음. 이런 것들로만 채워도 금세 내 생각주머니는 꽉 찰 것이다.

지금,
여기를 사는 법

"아, 다음 주 수요일엔 회식이야!"

모처럼의 가족 여행에서 둘째 딸이 한숨을 쉬며 혼잣말을 했다.

"여행 왔으면 회사일은 다 잊어버려!"

남편이 한마디 거든다. 여행을 왔어도 딸의 머릿속에는 다음 주에 해야 할 회사일이 떠나지 않는가 보다.

"아, 스트레스 받아!"

막내딸도 연신 스트레스 받는다며 씩씩거린다. 내일 있을 수행평가 때문에 마음이 답답하고 스트레스를 받아서 학교도 가기 싫다고 투정을 부린다. 지금도 늦지 않았으니 차분히 앉아서 준비하면 된다고 일러주었다. 내일 수행평가는 걱정이 되고, 준비는 하지 못했고, 이러지도 저러지도 못하면서 스트레스만 잔뜩 받고 있는 막내의 모습이 안쓰러웠다.

생각해보면 나도 어리고 젊은 시절에는 앞으로 다가올 시험이나 해야 할 일로 엄청 스트레스를 받곤 했다. 그런데 나이가 오십 중반을 향해 가는 지금은 이상하게도 마음에 별다른 요동이 없다. 사실 걱정거리와 해야 할 일들이 태산처럼 쌓여있다. 미래학교로 지정되어 오래된 학교 건물을 허물고 새로운 스마트한 학교를 탄생시켜야 한다. 아직도 해결되지 않은 지하 주차장 문제와 공사 기간의 지연 문제 등 해결해야 할 일들이 산재해 있다. 20대나 30대의 나 같으면 공사를 시작하기도 전에 스트레스로 마음의 병을 얻었을 것이다. 그러나 이제는 마음이 평온하다. 내일 일은 내일 걱정하기로 하고 오늘 일을 잘하려고 노력할 뿐이다.

마음을 현재에 두기

혜민 스님은 마음을 현재로 가져오면 생각이 쉬게 된다고 했다. 걱정이나 염려는 모두 미래의 영역에 속해 있는 것인데 괜히 오지도 않은 미래의 일을 걱정하고 스트레스를 받으면 정작 아무것도 할 수 없게 된다. 학창 시절에는 시험 바로 전날 공부해야 할 것이 산더미같이 쌓여 있는데도 온종일 TV만 봤었다. 바로 내일이 시험인데 준비가 안 되었다는 압박감으로 아무것도 할 수 없었고 그저 아무 생각 없이 TV만 주야장천 봤던 것이다. 그러고는 시험 날 공부 안 하고 TV만 본 나 자신을 미워하고 학대했다.

수행평가로 스트레스를 받는 막내에게 이렇게 말해주고 싶다. 내일 걱정은 내일 하고 오늘 네가 할 수 있는 걸 하면 된다고. 괜한 걱정에 귀한 에너지를 쏟을 필요는 없다고. 그냥 생각을 비우고 오늘 계획한 공부를 해 나가면 된다고.

이론은 쉬운데 막상 해보면 잘되지 않는다. 마음을 비우고 현재에 집중한다는 것! 이것만 가능하다면 폭풍우가 몰아치는 들판을 걷더라도 오로지 한 발 한 발 나의 목적지에만 집중하고 나아갈 수 있다. 내일 무엇이 다가오든 두렵지 않다.

이렇게 현재에 집중한다는 것은 마음을 비우고 생각을 비우는 것이다. 과거의 일에 대한 후회나 누군가에 대한 원망의 마음을 비운다는 것이다. 앞으로 다가올 미래에 대한 불안과 초조함을 떨쳐버리는 것이다. 오로지 지금, 여기, 현재 내가 할 수 있는 일에만 집중하는 것이다.

보통 사람들에게 이것은 거의 달인의 경지라고 할 수 있는데 혜민 스님은 팁을 제시하고 있다. 과거의 일로 괴롭거나 미래의 일로 불안한 생각이나 느낌이 들 때 그 감정을 따라가는 것이 아니라 그 생각이나 느낌이 올라왔다는 것을 바로 알아차리는 것이 중요하다. 그 감정에 얽혀 이리저리 끌려다니는 것이 아니라 그런 감정이 올라왔음을 알아차리고 가만히 바라보면서 그 감정이 없어지기를 기다리는 것이다.

감정에 끌려다니지 말고 바라보자!

실존주의 상담기법에서도 '지금-여기'란 말을 강조한다. 내담자는 자신의 문제를 과거의 사건이나 경험 탓으로 돌리고 과거의 문제에 매달리는 경향이 있다. 과거에 머무르면서 자신의 문제의 원인을 타인의 탓으로 비난하게 되는 것이다. 이렇게 과거에 머무르는 방식으로는 문제를 해결할 방향성을 찾을 수가 없다. 그래서 초점을 과거보다는 내담자의 현재의 감정과 생각에 맞추면서 그 순간의 감정과 사고를 자각하도록 한다.

과거에 나에게 서운하게 대했던 사람들에 대한 원망으로 현재를 망친다면 너무 억울한 일이다. 과거는 지나간 일일 뿐이다. 지금, 여기 현재에 집중한다면 누구를 미워하거나 원망할 일도 없어진다. 그런 마음이 일어난다면 바로 알아차리고 바라보면서 사라지기를 기다리면 된다. 지금, 여기를 사는 것이 가장 경제적이면서 효율적인 삶의 방식이고 다른 사람에 대한 원망과 분노, 미래에 대한 불안과 초조에서 벗어날 수 있다.

편안하고 유유자적하게 살려면 두더지게임의 두더지처럼 불쑥불쑥 올라오는 갖가지 감정에 이끌려 다니지 않으면서 눈 하나 깜짝하지 않아야 한다. 그런 감정이 유유히 흘러가고 저절로 사라지게 바라보는 것. 이것이 바로 대인배 즉 군자의 삶의 기술이다. 이렇게 살다 보면 얼굴에도 평온한 모나리자의 미소가 번질 수 있다.

내 감정의 노예가 되지 않고 내 마음의 주인은 내가 되는 일! 그것이 지금, 현재를 살아가는 방법이다. 오늘은 미움이라는 감정의 두더지가 불쑥 올라왔는데 재빨리 알아채고 가만히 있었더니 어느새 사라졌다. 그런데 불안이라는 감정은 만만치 않다. 요놈은 좀 강력해서 잘 없어지지 않는다. 왜냐면 투자한 주식이 자꾸 떨어진다. ㅠㅠ

한 방울씩 떨어지는 낙숫물의 힘

아침에 출근 준비를 하면서 들었던 라디오 프로그램의 시작 멘트가 인상 깊었다.

"단단한 바위를 뚫는 것은 매일 한 방울씩 떨어지는 낙숫물입니다. 매일 꾸준히 무언가를 한다는 것은 절대로 깨지지 않을 것 같은 단단한 바위를 뚫는 힘이 있습니다. 오늘도 출근하는 당신! 오늘은 어떤 기적의 역사를 새로 쓰실 건가요?"

무언가를 매일 한다는 것은 힘이 세다. 절대 불가능할 것 같은 일도 가능하게 만든다. 나는 무엇을 매일 하고 있지? 매일 출근하면서 나는 어떤 기적을 만들어내고 있지? 잠시 생각하게 만드는 멘트였다.

주말에 밀렸던 신문을 읽고 있는데 나이 오십이 되어서야 겨우 챔피언 트로피를 쟁취하면서 주목을 받기 시작한 골프 선수 앨케의 이야기가 눈에 띈다. 그는 30년 가까이 골프 프로 생활을 해왔지만 어디에서도 주목 받는 실적을 내지 못했다. "50년 동안 뭘 하다 이제 나타났나?"라는 물음에 그 선수는 "오직 인내, 그야말로 인내뿐!"이라고 대답했다. 그저 묵묵히 버텨온 것이다. 다른 유명 선수처럼 큰 한 방을 바라지 않고 암담한 현실 속에서도 단념하지 않았다.

1만 시간의 법칙

이영표 강원 FC 대표는 손흥민 선수가 세계 최고 선수가 될 것이라고 예언한 바 있다. 이영표는 인터뷰에서 "보통 한 달, 6개월, 1년, 혹은 3년 정도 노력하고 '안 되네'라고 말하는 사람들이 많은데, 노력을 하려면 10년을 포기하지 않고 최선을 다해야 한다"라고 말했다. 보통 1명을 뽑기 위해 100명이 노력한다면 80명은 3일 정도 노력하다 포기하고, 15명은 두세 달 내로 포기하며, 나머지 5명이 끝까지 경쟁하다 2~3명이 남고 그중 1명이 목표한 바를 쟁취한다고 했다. 10년을 제대로 노력하면 한 분야의 마스터가 될 수 있을 것이다. 노력만으로 메시나 호날두 같은 선수는 될 수 없지만 메시를 막는 선수는 될 수 있을 것이다.

이것은 미국의 심리학자 앤더스 에릭슨의 '1만 시간의 법칙'과도 상통한다. 어떤 분야의 전문가가 되기 위해서는 최소한 1만 시간 정도의 훈련이 필요하다는 것이다. 1만 시간은 매일 3시간씩 훈련할 경우 약 10년, 하루 10시간씩 투자할 경우 3년이 걸린다. 그는 세계적인 연주자와 아마추어 연주자 간 실력 차이는 대부분 연주 시간에서 비롯된 것이며, 우수한 집단은 연습 시간이 1만 시간 이상이었다고 주장한다.

흔히 무언가를 중도에 포기하면서 이렇게 말한다. "나는 재능이 없어!" "나는 소질이 없어!" "내 적성에 맞지 않아!" 그러나 이영표 대표와 심리학자 앤더스 에릭슨은 이구동성으로 재능보다는 노력을 더욱 강조한다. 내가 취미로 배우는 민화 강사님도 같은 말을 한다. "저도 그림에 소질 없어요. 그냥 하는 거예요. 매일 그냥 그리다 보니 여기까지 오게 됐어요!" 공모전에서 최우수상을 받으시고 매년 전시회를 개최하는 유명한 화가이신 분도 자신은 그림에 소질이 없다고 하신다. 그냥 매일 그릴 뿐이라고!

결국은 멘탈 싸움

멘탈은 어떠한 좌절과 실패에서도 흔들리지 않는 강인한 정신력이다. 희망이 보이지 않고 연습을 한다고 잘될 것이라는 보장도 없는 암담한 현실 속에서도 굴하지 않고 꿋꿋하게 노력을 하게끔 만드는 것이 멘탈이다. 오랜 무명의 설움을 딛고 성공을 거머쥔 모든 사람들의 공통된 특징은 멘탈이 강하다는 것이다.

오십 평생을 살면서 지켜본 멘탈이 강한 사람들의 특징은 다들 조용하다는 것이다. 별로 말이 없고 화려하지도 않다. 튀지도 않으며 내가 이렇게 잘 나가고 있으니 좀 알아달라고 요란하게 소리 내는 일도 없다. 그저 조용히 묵묵하게 자신의 일을 할 뿐이다. 누가 알아주든 인정해주지 않든 상관하지 않는다. 그러다 수십 년간의 끊임 없는 노력이 결실을 맺어 성공하고 스타가 된다. 이런 사람들의 저력은 대단하다. 한순간 반짝 타올랐다 사라지는 인기 스타와는 비교할 수 없을 정도의 내공을 가지고 있다.

강한 멘탈을 유지하기 위해서는 역으로 머리를 비우는 것이 필요하다. '내가 이까짓 거를 해서 무얼 하나. 남들이 알아주지도 않는데!' 이런 생각을 비우는 것이다. '언제 성공하지?' 이런 조급함도 버리는 것이다. 그저 아무 생각 없이 내가 정한 목표를 위한 일정량의 노력을 묵묵히 하는 것이다.

법정 스님은 '입 안에 말이 적고, 마음에 일이 적고, 뱃속에 밥이 적어야 한다.'라는 옛사람의 가르침을 잊지 않으려고 노력하셨다. 생각하지 않는 것이 강한 멘탈의 비결이다. 마음을 비우고 아무 생각 없이 그냥 하는 것이다. 무엇을? 그냥 내가 원하는 것을. 꾸준히 하면 언젠가는 나도 바위를 뚫을 수 있을 것이다!

성공의 시작은 쉬운 것부터

학교 당직 기사님이 갑작스럽게 상을 당하셔서 일주일 동안 대체 기사님이 오셨다. 출근하니 낯선 남자분이 식당 앞에서 조리사와 이야기를 나누고 있었다. 나를 보자마자 이야기하던 걸 멈추고 빠른 걸음으로 다가와 인사를 하셨다.

"안녕하세요? 대체로 온 당직 기사입니다!"

마스크를 쓰고 있어 얼굴을 잘 보지는 못했지만 웃으면서 시원시원하게 먼저 인사를 건네는 모습이 보기 좋았다.

"아, 그러세요? 반갑습니다. 잘 부탁드립니다."

나도 최대한 반갑게 예의를 갖춰 인사를 드렸다. 그다음 날 행정실 주무관이 교무실로 올라와서 대체 기사님에 관한 이야기를 장황하게 들려주었다. 우리 학교에서 시설주무관으로 일하시다 몇 년 전에 퇴임하셨다고 한다. 그래서 학교 전기설비이며 시설에 관한 모든 것을 다 꿰

뚫고 계신다고 한다. 흥미로운 것은 조물주보다 더 위라는 건물주라는 사실이었다. 집값이 비싸기로 유명한 지역에 아파트며 건물을 가지고 계신다고 한다. 보통 분은 아니라는 생각이 들었다.

대체 기사님이 일주일 동안 일을 무사히 잘 마치고 간다며 공손히 작별 인사를 하셨다. 그동안 감사했다고 나도 덩달아 허리를 숙여 인사를 드렸다. 행정실에서 대체 기사님이 주고 가셨다며 음료수를 한 박스 들고 왔다. 나중에 알고 보니 교장실과 행정실, 교무실 각각 한 박스씩 돌리고 가셨다. 여러 가지 생각이 교차했다.

보통 대체로 오시는 분들은 조용히 있다가 가셔서 언제 오시고 가셨는지 담당자만 알 뿐이다. 그런데 이번에 대체로 오신 기사님은 많이 달랐다. 멀리서도 한달음에 달려와 먼저 인사를 건네고, 항상 먼저 인사하시고, 떠날 때는 감사하다며 깍듯하게 인사를 하시고 감사의 선물까지 주고 가셨다. 이런 점들이 그분의 인생을 남들과 다르게 만들지 않았나 싶다. 항상 긍정적이고 오픈 마인드이고 작은 것에도 감사의 말과 인정을 베푼 덕분에 그분에게 재물복이 들어오지 않았을까? 흔히 말 한마디로 천 냥 빚을 갚는다고 한다. 웃는 얼굴에 복이 온다고도 한다. 옛말이 그른 것이 하나도 없음을 새삼 느끼게 된다. 성공한 사람은 무언가 다른 게 있다.

매일 아침 교문 앞에 서서 등교하는 아이들에게 밝게 인사를 건네는 아침맞이를 한다. 마치 놀이공원 알바생처럼 두 손을 흔들면서 학생들에게 인사를 건네다 보면 학생들의 반응은 각양각색이다. 저 멀리서부터 큰소리로 "안녕하세요?" 하고 밝게 인사를 건네는 학생, 내가 아무리 눈을 맞춰가며 인사를 해도 못 본 척하고 그냥 휙 지나가는 학생, 눈을 내리깔고 개미만 한 목소리로 인사를 웅얼웅얼 삼켜버리는 학생, 그냥 고개만 까닥 숙이고 지나가는 학생! 학생들의 생긴 모습처럼 인사하는 방법도 다들 제각각이다.

어떤 날은 한 3학년쯤 되어보이는 여학생에게 "안녕하세요?"하고 인사를 건네자 "메롱~"하고는 지나가 버린다. 요즘은 다들 마스크를 쓰고 있어 얼굴을 볼 수가 없다. 도대체 어떤 표정으로 "메롱~" 했는지 궁금했다. 이 이야기를 딸들에게 해주었더니 "와, 너무 귀엽다! 엄마 기분은 어땠어?" 하며 재미있다면서 배를 잡고 깔깔거린다. 나는 한참 생각하다가 "기분 나빴지!"라고 대답했는데 딸들은 더 크게 깔깔거린다. 엄마를 놀려먹는 데 아주 신이 났다.

인사를 잘하는 사람은 뭔가 다르다

매일 아침맞이를 하면서 아쉬운 점이 있다. 아이들이 좀 더 밝고 힘차게 인사를 하면 어떨까? 아이들의 심정을 이해 못 하는 것은 아니다. 코로나 팬데믹을 2년 넘게 겪으면서 집에서 하는 원격수업에 익숙해진 아이들이다. 달콤한 늦잠의 유혹을 뿌리치고 학교 갈 채비를 해서 온다. 눈에는 아직도 잠이 덕지덕지 묻어 있다. 더군다나 학교까지 오는 길에는 배움터지킴이 선생님, 횡단보도를 지키는 자원봉사 선생님, 녹색어머니 등 인사할 사람들이 너무 많다. 안 그래도 잠이 덜 깨었는데 인사할 어른들은 너무 많으니 목소리가 점점 기어들어 갈 수밖에! 머리로는 이해가 가지만 가슴으로는 이해가 잘 안 가는 게 솔직한 심정이다.

몇 해 전 소위 명문고라고 불리는 학교를 방문한 적이 있다. 삼삼오오 학생들이 내게 다가오더니 "안녕하세요?" 하면서 공손하게 인사를 건넸다. 나는 본능적으로 주위를 둘러보았으나 주위에는 나밖에 없었다. "어, 어, 안녕하세요?" 얼떨결에 나도 같이 인사를 했다. 단지 학생들은 처음 보는 어른인 나에게 인사를 했을 뿐인데 그 학교에 대한 인상이 강렬하게 뇌리에 박혔다. '역시 좋은 학교는 달라. 학생들이 처음 보는 어른에게도 인사를 다 하네!'

그 외에도 다양한 학교를 방문할 기회가 있었다. 역시 학생들이 인사를 잘하는 학교는 대부분 좋은 학교였다.

식당이나 카페를 갔을 때도 직원들이 "어서 오세요!" 하며 반갑게 인사하는 곳은 무언가 다르다. '음, 이 식당은 기본이 되어 있네!' 하면서 마음이 너그러워진다. 반면 손님이 왔는데도 멀뚱멀뚱 아무런 반응이 없는 곳은 사소한 일에도 꼬투리를 잡게 된다. 인사는 이렇게 중요하다. 사람들이 처음 만나면서 건네는 인사말은 첫인상을 결정하는 잣대가 된다.

이동규는 칼럼에서 '일본인들은 사람을 알고 싶을 때 인사와 청소 두 가지를 시켜본다'고 했다. 《예기(禮記)》에서는 크고 복잡한 것을 해결하고 싶으면 작고 단순한 것부터 시작하라고 가르치고 있다. 이동규는 성공도 일종의 습관이니 쉬운 것부터 시작하라고 강조한다. 작은 성공을 반복하면 큰 성공을 거둘 수 있는 것이다. 어떤 분야에서든 성공하고 싶으면 누구를 만나든 밝은 얼굴로 활기차게 인사하는 것부터 시작하면 된다.

소위 엄친아라고 불리는 고등학생을 만난 적이 있다. 훤칠한 키에 잘생긴 외모만으로도 충분히 호감을 주었다. 거기다 웃는 얼굴로 인사를 아주 살갑게 했다. 보통 사춘기 학생들이 다른 사람들과 눈도 잘 안 맞추고 말도 잘 안 하는 것과는 너무나 대조적이었다. 그 학생은 명문 고등학교 졸업 후에 외국의 유명 대학교에 입학했다는 소식을 들었다. 웃는 얼굴로 밝게 인사하는 사람들의 성공 스토리가 자꾸 궁금해진다.

공부를 잘하고 싶으면 먼저 책상 정리부터 하기! 책꽂이에 꽂혀 있는 해묵은 참고서나 문제집은 버리고 필요한 것만 반듯하게 꽂아놓는 것만으로도 기분이 상쾌해진다. 말끔해진 책상에 앉으면 마음가짐부터 달라진다. 왠지 지금부터라도 열심히 공부해야 할 것 같다.

성공은 하늘에서 뚝 떨어지지 않는다. 밝게 인사하고, 주변 청소를 하고, 이불을 정리하고, 분리수거 잘하기 등 누구나 할 수 있는 쉬운 것을 미루지 않고 살뜰히 챙기는 마음에서 성공은 시작된다. 작은 일을 잘해야 큰일도 잘하는 법이다. 오늘은 어떤 작은 성공을 해볼까?

나의 역경지수는?

가슴 아픈 신문 기사를 봤다. 사업에 실패하고 코인값 하락으로 막대한 돈을 잃은 아버지가 아내와 딸과 함께 생을 마감한 사연이었다. 딸은 아직 13살밖에 되지 않았다. 극단적인 선택을 결정한 부모는 혼자 남겨질 딸이 살아갈 세상이 걱정돼 함께 데리고 갔을 것이다. 아무리 내 딸이라도 딸의 목숨은 부모의 것이 아닌데도 말이다. 만약 딸이 혼자 남겨졌다면 어땠을까? 물론 처음에는 부모의 갑작스러운 죽음으로 슬프고 상실감도 클 것이다. 아마도 부모의 자살이 평생 트라우마로 남을 수도 있다. 그럼에도 불구하고 딸은 자기 삶을 잘 살아냈을 수도 있다. 모든 고통을 이겨내고 더욱 단단한 사람으로 거듭날 수도 있었을지 모르는 일이다. 아이가 불쌍하다는 주민의 말이 오랜 여운을 남긴다.

세상에 위대한 업적을 남긴 위인들의 생을 살펴보면 하나같이 평탄한 삶을 산 사람이 별로 없다. 천재 음악가 베토벤은 말년에 귀가 들리지 않았고, 정약용은 20여 년간 전라남도 강진에서 유배 생활을 했다. 그러나 위인들은 하나같이 위기가 닥쳐와도 좌절하지 않고 그것을 또 다른 기회로 이용하여 도약과 발전의 발판으로 삼았다.

영국의 커뮤니케이션 이론가 폴 스톨츠는 역경지수(AQ: Adversity Quotient)가 높은 사람이 지능지수(IQ)나 감성지수(EQ)가 높은 사람보다 성공하는 시대가 될 것이라고 했다. 역경지수는 수많은 역경에도 굴복하지 않고 끝까지 도전해 목표를 성취하는 능력을 의미한다. 어려움이 닥쳤을 때 사람은 퀴터(Quitter, 포기하는 자)와 캠퍼(Camper, 안주하는 자), 클라이머(Climber, 극복하는 자)로 나뉜다고 한다. 역경지수가 높은 사람일수록 어려움이 닥쳤을 때 현실에 안주하고 포기하기보다는 이를 극복해 나간다.

요즘 회사에서 신입 사원을 뽑을 때나 공모로 기관장을 뽑을 때 공통적으로 묻는 질문이 있다. '어려움을 이겨낸 사례를 진술하시오.' '갈등을 해결한 사례를 제시하시오.' 꽃길만 평탄하게 걸어온 사람보다는 가시밭길을 헤치고 꿋꿋하게 살아온 사람을 뽑겠다는 것이다. 아무리 힘든 난관이 닥치더라도 툭툭 털고 일어설 수 있는 인생의 복원력을 지닌 사람을 원하는 것이다. 회사든 기관이든, 일반 사원이든 기관장이든 역경이 닥쳐와도 포기하지 않고 용수철처럼 다시 벌떡 일어서는 사람을 원한다.

나는 암에 두 번이나 걸렸고 그때마다 대수술을 받았다. 항암치료를

6개월 동안 8차를 진행했다. 그동안 머리도 다 빠졌고 몸도 망가졌다. 이제 수술 후 7년이 경과해서 의학적으로는 완치 판정을 받았다. 이제는 긴 웨이브 파마를 할 수 있을 정도로 머리도 자랐다. 길고 어두운 터널과도 같은 시기를 빠져나와 다시 직장으로 복귀했고 승진도 했다. 이 모든 과정을 겪고 나서 얻은 것이 하나 있다. 이제는 아무것도 두려운 것이 없다. 어떤 어려운 일이 닥쳐도 눈 하나 깜짝하지 않는다. 별로 화나는 일도 없다. 죽음의 문턱까지 갔다 오니 세상사 다 시시해졌다. 뭐 그리 사소한 일로 화를 낼까 싶어 허허 웃어넘긴다. 이게 바로 인생 복원력의 힘이 아닐까? 세상에 두려울 것 없는 마징가 제트의 힘을 얻는 것! 큰 산을 넘었으니 모든 언덕이 평지로 보이는 것!

복원력의 비결

은유 작가는 《다가오는 말들》에서 부모 없이 자라는 아이들에 대한 사회의 편견에 대해 지적한다.

'부모와 산다고 다 행복하지 않듯이 부모가 없다고 꼭 불행하지 않다. 이 세상에 불쌍한 아이는 없다. 부모 없이 자란 자식이라는 굴레를 씌우고 불쌍한 아이를 만들어내는 집요한 어른들이 있고, 정상 가족이라는 틀로 자율적 존재를 가두거나 배제하는 닫힌 사회가 있을 뿐이다.'

인생의 복원력과 역경지수를 높이는 방법도 여기에서 힌트를 얻을 수 있다. 이 세상에 '불행한 삶'은 없다. '암에 걸려 불행하다', '부모가 안

계셔서 불행하다', '대학에 떨어져서 불행하다', '취업이 안 되어 불행하다' 혹은 '사업에 실패해서 죽고 싶다', '주식으로 돈을 잃어 불행하다' 이와 같은 틀로 내 인생을 재단하기 때문에 내 삶이 불행한 것은 아닐까? 내가 꼭 건강해야 한다는 당위는 누가 정한 것일까? 부모님이 계시고 좋은 대학에 가고 취업을 하는 삶이 행복하다는 것은 또 누가 정한 것일까? 단지 사회와 시대적 문화가 지어낸 행복이라는 틀에 내 삶을 끼워 맞추다 보니 내가 불행하다고 느끼는 것은 아닐까?

인생은 다이내믹 그 자체이다. 시험에서 고배를 마실 수도 있고, 멀쩡하던 사람이 큰 병에 걸릴 수도 있고, 갑자기 교통사고가 날 수도 있다. 고난과 역경이 닥쳐와도 그것을 이겨낼 수 있는 비법이 있다. 바로 머리를 비우고 생각하지 않는 것이다. 다른 사람들이 정해 놓은 '행복'이라는 잣대로 내 삶을 재단하지 않는 것이다. 내 삶은 행복하고 꽃길만 걸을 것이라는 유아적인 당위성을 내려놓는 것이다. 그래야지만 충격을 덜 받고 이겨낼 수 있다. '그래, 나도 사람이니까 아플 수 있지.' '시험에 떨어졌지만 다시 열심히 공부하면 될 거야.' 이렇게 나에게 일어난 일의 팩트만 받아들이고 거기에 대한 해석은 삼가는 것! 이것이 포인트다. '왜 나한테 이런 일이 닥쳤지?', '왜 나만 이렇게 불행한 거야?' 이렇게 한탄하기 시작하면 세상이 원망스럽고 자신을 학대하게 된다. 쉽지 않지만 그냥 받아들여야 한다. 그리고 무쏘의 뿔처럼 혼자서 나아가는 것이다. 하루하루를 살아가는 것이다.